Ruth Truttmann

Die Reise zum König

Fantasy-Story

Adonia

Ich widme dieses Buch unseren vier auf der Erde anvertrauten Kindern, Enya, Jamin, Robyn und Liel, sowie allen Kindern, die auf der Reise ihres Lebens sind. Möget ihr alle die Einladung des Königs vernehmen und euch auf die abenteuerliche Reise nach Sunganuven begeben. Ihr seid Helden!

Lektorat: Adonia Verlag
Gosthwriting und Satz: David Hollenstein
Coverbild und Illustrationen: Ruth Truttmann

ISBN 978-3-03783-057-4

Inhalt

Die Einladung des Königs

Dunkle Wolken hingen über der Ebene. Dicke Tropfen fielen von einem Eichenblatt zum andern dem Waldboden entgegen. Unter einer dieser breiten Eichen kauerte Eric dicht am Stamm und weinte.

Am Morgen war er noch fest entschlossen losgezogen. Voll Tatendrang und mit klarem Ziel vor Augen hatte er das Dorf verlassen. Endlich würde er dem großen Geheimnis auf die Spur kommen!

Aber bald erreichte er den Eichenwald. Er war darin noch nie zuvor allein unterwegs gewesen – aus gutem Grund: Mehrere Stunden irrte er nun schon durch das Dickicht. Dann hatte es plötzlich zu regnen begonnen und Eric hatte sich unter diese Eiche geflüchtet. Die Blätter boten einen gewissen Schutz vor den Wassertropfen.

«Wenn doch nur Großvater hier wäre», seufzte Eric und zog die Beine näher an sich heran, «er würde mir den Weg zeigen.»

Aber Großvater war nicht mehr da. Sie hatten ihn vor wenigen Tagen auf dem Dorffriedhof begraben.

Eric dachte an die Zeit zurück, als er den guten alten Mann immer um Rat fragen konnte. Dieser hätte ihn vor den Gefahren warnen können, die auf dem Weg zum großen Geheimnis lauerten. Im Dorf munkelte man immer wieder über die großen haarigen Riesen. Wo waren sie? Würde Eric ihnen unterwegs begegnen? Oder die alten Drachengeschichten, die an langen Winterabenden am Feuer erzählt wurden. Waren sie wahr?

Allzu gern hätte Eric das alles mit Großvater besprochen. Aber jetzt war er ganz allein.

Der Junge steckte vorsichtig seine Hand in die Tasche. Mit seinen Fingerspitzen berührte er ein altes Papierstück. Großvater hatte es ihm in die Hand gedrückt – kurz bevor er gestorben war.

«Eric, mach dich auf den Weg zum König!», sagte der Mann mit schwacher Stimme, aber klarem, eindringlichem Blick. «Bewahr diese Papierrolle gut auf. Sie wird dir helfen, den richtigen Weg zu finden.»

Eric hatte seine Hand in die des Großvaters gelegt und hörte aufmerksam zu, was er sagte.

«Warte nicht mehr länger. Pack deine Sachen und mach dich auf die Suche ...» Die letzten Worte waren kaum noch hörbar. Der Großvater schloss schließlich seine Augen und schlief ein – für immer.

Völlig entmutigt und allein saß Eric unter diesem großen, mächtigen Baum und wusste nicht mehr weiter. Schon seit Stunden suchte er nach einem Hinweis, der ihm den Weg zeigte. Er wünschte sich ein Zeichen – und sei es noch so klein – ein Zeichen, das ihm Sicherheit gab, dass er auf dem richtigen Weg war: Auf dem Weg zum wertvollsten Schatz seines Lebens.

Vorsichtig holte er die alte Pergamentrolle aus seinem Beutel und rollte sie langsam auseinander. Er versuchte die Buchstaben darauf zu entziffern, aber er sah wegen seinen Tränen nur verschwommen.

Sofort überkam ihn wieder ein Gefühl der Einsamkeit und Trauer. Er schloss die Augen und er sah die nur allzu bekannten Bilder vor sich: Wie er von den andern Dorfkindern ausgelacht wurde, weil er dunkle Haare anstatt der blonden hatte wie alle andern.

«Fremder! Kind von einem Waldtroll», beschimpften sie ihn. Ein paar mutigere warfen ihm Steine nach. Selbst während des Schulunterrichts beim Dorflehrer wurde er gehänselt und ausgegrenzt.

Immer wieder hatte er es zu hören bekommen: «Du bist dumm, du kannst nichts. Aus dir wird niemals ein richtiger Krieger!»

Nur einer hatte anders von ihm gesprochen: Großvater. Manchmal saßen Eric und er am Abend beisammen und blickten ins Feuer. Sie schauten zu, wie die Flammen kleiner und kleiner wurden. Ihre Farben wechselten von gelb zu orange und manchmal schimmerten sie sogar etwas blau.

An solchen Abenden hatte Großvater ihm den Arm um die Schultern gelegt und ihn an sich gezogen. Dabei erzählte er ihm von dem großen Geheimnis. Er sprach mit seiner tiefen, warmen Stimme stets ganz leise, sodass nur Eric es hören konnte.

Der Junge war jedes Mal tief bewegt, wenn der Großvater vom König erzählte. «Eric, weit hinter dem Wald, im Land ‹Sunganuven› gibt es einen König. Er ist mächtig, weise und ganz reich. Und weißt du was?»

Eric schüttelte den Kopf.

«Der König lädt alle zu einem riesengroßen Fest ein!»

Die Augen des Jungen wurden groß. «Woher weißt du das?»

Der Großvater blickte sich um, ob sonst auch niemand zuhörte. Dann fuhr er fort: «Vor Jahren kam einmal ein Botschafter des Königs bis in unser Dorf. Er las allen die Einladung vor. Aber unsere Leute waren sehr unfreundlich. Sie haben ihn mit Steinen beworfen und aus dem Dorf gejagt.»

«Das ist aber nicht lieb», unterbrach ihn der Junge.

«Nein, das ist es wirklich nicht. Ich wollte unbedingt mehr über diese Einladung erfahren. Heimlich schlich ich dem Boten hinterher und holte ihn am Waldrand ein. Er hat mir dann diese Einladung in die Hände gedrückt und nochmals eingeschärft, wie wichtig es sei, zum König zu reisen.»

«Aber Großvater, warum bist du nicht gegangen?» Eric schaute ihn fragend an.

«Ich bin zu alt für so eine lange Reise. Meine Beine machen das schon seit Jahren nicht mehr mit. Aber *du* solltest gehen!»

«Hat er mich denn auch eingeladen?»

«Ja, dich auch.»

Erics Herz schlug jedes Mal höher, wenn der Großvater wieder vom König erzählte. Es gab da draußen einen König, der ihn eingeladen hatte, der ihn bei sich haben möchte …

Großvater sagte auch, dass der König Ritter suchte, die unter seiner Fahne reiten würden. Wie gerne wäre Eric ein Ritter geworden! Manchmal sind Ritter am Dorf vorbeigeritten, hoch zu Ross und in schönen Rüstungen. Eric bewunderte sie. Aber die Leute im Dorf lachten ihn nur aus, wenn er von seinem Wunsch erzählte. Doch der König suchte Ritter und das überstieg Erics Vorstellungsvermögen – was für ein wertvolles Geheimnis, das ihm da anvertraut wurde!

Wie gerne würde er das alte Leben hier zurücklassen, um den König zu suchen. Ein Lächeln huschte Eric übers Gesicht. Wie würden ihn die andern darum beneiden, wenn er eines Tages mit ganz neuen Kleidern ins Dorf zurückkommen würde: Kleider, in die Goldfäden eingewoben waren, ein Brustpanzer und ein echter Ritterhelm – vielleicht würde ihm der König sogar ein Schwert geben?

Erics Herz schlug höher.

Ein Sonnenstrahl durchbrach die Wolken und kitzelte Eric in der Nase. Er musste niesen und öffnete die Augen. Plötzlich war Eric wieder ganz in der Realität angekommen – allein, ohne seinen Großvater im Wald unter der großen Eiche.

Es hatte aufgehört zu regnen. Der Sonnenstrahl schien ganz tief unter den Zweigen hindurch. Bald ging die Sonne hinter dem Hügel unter.

Es wurde dämmrig und ungemütlich.

Eric öffnete seinen Beutel, um die Papierrolle wieder hineinzuschieben. Aber plötzlich hielt Eric inne.

Die Buchstaben auf dem Pergament begannen in verschiedenen Farben zu leuchten. Strahlen gingen von dem Papier aus und beleuchteten seine Hände und sein Gesicht.

Gebannt blickte Eric auf das Lichtspiel. Es war, als ob die Rolle lebendig wurde. Worte drangen mit den Lichtstrahlen an seine Haut und er konnte verstehen, was sie sagten. Es war ganz sonderbar: Keine Stimme war laut hörbar und trotzdem verstand der Junge die Worte: «Eric, willst du die Wahrheit über dich erfahren?»

Eric nickte gebannt.

«Du bist kein Bastard und Mischling und auch kein armer Junge aus einem kleinen Dorf!»

Eric blickte fragend in die Lichtstrahlen. Genau das war er doch schon sein ganzes Leben lang.

«Ich habe dich dazu bestimmt ein Prinz zu sein, ein Königssohn! Ich lade dich zum großen Fest in mein Schloss ein. Du sollst einer meiner stärksten Ritter werden und über Drachen und Riesen siegen!»

Erics Herz schlug ganz stark. Diese Stimme klang so vertraut und was sie sagte, fühlte sich für ihn plötzlich greifbar und wahr an. Alles, was sonst über ihn gesagt worden war, erschien ihm in diesem Licht als große Lüge. Wie hatte er nur all die Jahre den Dorfbewohnern glauben können?

Allmählich verschwand das Licht auf der Papierrolle wieder.

Aber in Eric hallten die Worte weiter nach. Er war ein Prinz und ein Ritter! Vor Freude darüber küsste er die Papierrolle und steckte sie zurück in seinen Beutel.

«Von jetzt an glaube ich, was die Pergamentrolle gesagt hat, und nicht mehr das, was die Dorfleute über mich sagen.» Eric war sich sicher, dass die Stimme die Wahrheit über ihn sagte. Er spürte es ganz tief drinnen.

Voller Mut stand er auf und begann trotz der einbrechenden Dunkelheit weiterzuwandern. Irgendetwas zog ihn in seinem Herzen vorwärts. Es war das tiefe Verlangen, nur noch dieser Stimme zu vertrauen und ihr bis zum König zu folgen. Es war, als ob er von einem unsichtbaren Magneten gezogen wurde.

«Koste es, was es wolle, aber ich gehe zum König!»

Als er diese Worte ausgesprochen hatte, breitete sich ein tiefer Frieden in seinem Herzen aus. «Ich bin ja gar nicht wertlos», schoss es ihm durch den Kopf, «ich bin dazu bestimmt ein Königssohn zu sein!»

Zaghaft begann er ein Lied zu pfeifen. Es war so, als ob der Klang der Töne genau das widerspiegelte, was er gerade erlebt hatte.

Der Wind hatte die Wolken beiseite geblasen, so dass die letzten Sonnenstrahlen selbst die Berge auf der andern Seite in hellem Licht erstrahlen ließen. Endlich konnte sich Eric wieder orientieren.

Trotz der Dämmerung hatte er auf einmal keine Angst mehr. Er setzte einfach einen Fuß vor den andern und marschierte an den dunkeln Baumstämmen vorbei.

Eric hatte nicht gemerkt, dass er seit längerer Zeit beobachtet wurde. Ein kleiner Schatten huschte Eric flink von Baum zu Baum hinterher.

Freigekauft

Es war spät geworden. Die Nacht war stockdunkel, nur vereinzelt leuchteten Sterne durch das Blätterdach. Eric sah nur noch ein paar Schritte weit.

Der Pfad war seit der letzten kleinen Steigung steiniger geworden und die Bäume standen auch nicht mehr so dicht. Ab und zu lagen alte Baumstämme über dem schmalen Trampelpfad und Eric musste darüber klettern, um weiterzukommen.

Als er nach einer erneuten Kletterpartie den Weg nicht mehr fand, schwang er etwas müde seinen Reisebeutel nach vorn und öffnete ihn. Der Junge zog eine Fackel und zwei Feuersteine heraus. Es dauerte nicht lange, bis ein paar Funken flogen und das mit Öl getränkte Tuch Feuer fing.

Sofort erhellte die Fackel einige Meter des Waldes um Eric herum. Jetzt erkannte er wieder Äste, Dornengestrüpp und den Trampelpfad.

Nun war es aber wirklich höchste Zeit geworden, dass Eric einen geeigneten Schlafplatz fand. Er hielt die Fackel in alle Richtungen. Gab es irgendwo einen Unterschlupf, wo ihn der Wind in Ruhe ließ und er vor wilden Tieren sicher war?

Plötzlich entdeckte er in dem umgestürzten Baumstamm, über den er gerade geklettert war, ein großes Loch. Eric schob ein paar Äste zur Seite und hielt die Fackel vor die kleine Höhle.

Zufrieden nickte er; das Loch war gerade groß genug, dass er sich darin verstecken konnte.

Vorsichtig legte Eric die Fackel auf den Boden und löschte das Feuer mit ein paar Fußtritten aus. Dann kroch er in das Loch und schob den Reisebeutel ganz nach vorn. Dort legte er seinen Kopf drauf und zog seine Füße an. Müde vom langen Marsch, fielen ihm sofort die Augen zu.

Er schlief so fest, dass er nicht merkte, wie ein kleiner Schatten immer näher kam.

Die Gestalt war nicht größer als die Baumstämme, die über dem Weg lagen. Sie kletterte über das Gehölz und schlich geräuschlos zu dem Loch im Baumstamm. Dort zwängte sich die Gestalt hinein und schlief eng an Erics Beine gekuschelt ein.

Sonnenstrahlen zwängten sich durch die Äste und kitzelten Eric im Gesicht. Langsam begann er sich zu strecken, bis er plötzlich etwas Weiches berührte. Sofort stieß er einen lauten Schrei aus. Zu seinen Füßen lag ein Häufchen aus Lumpen und blonden zerzausten Haaren.

Durch den Schrei geweckt, erwachte auch das Kleine und schaute dem verdutzten Jungen direkt in die Augen.

Eric begann laut heraus zu lachen. «Hast du mich erschreckt! Was machst du so weit vom Dorf entfernt, Ruwina?»

Das kleine Mädchen strahlte mit ihren großen blauen Augen und umarmte Eric wortlos.

Dieser strich ihr dabei liebevoll die zerzausten blonden Haare aus dem Gesicht. Er konnte sie unmöglich mitnehmen, schoss es ihm durch den Kopf, die weite Reise war viel zu gefährlich. Er wusste ja selbst noch nicht einmal, wo ihn der Weg überall hinführte.

Aber Ruwina hielt den großen Jungen immer noch ganz fest. Genau wie er war auch sie ein Waisenkind aus seinem Dorf. Und wie er gehörte auch sie nicht zu den beliebten Kindern. Zudem hatte Ruwina seit ihrer Geburt noch nie ein Wort gesprochen – sie war stumm.

Eric kletterte aus der engen Höhle. Er brauchte Platz, um nachzudenken. Er war hin- und hergerissen. «Du musst ins Dorf zurück! Ich kann dich nicht mitnehmen.»

Bevor Eric weitersprechen konnte, packte Ruwina entschlossen seine Hand und zeigte zu den Bergen hoch.

Eric sah in ihren Augen, dass sie auf keinen Fall umkehren wollte. Im Grunde verstand er sie ja – das Leben im Dorf hatte auch für sie nicht viel zu bieten. Sie hatte dort keine richtige Familie und somit würde sie niemand vermissen. Wenn er den Weg zum König finden würde, dann wollte sie doch sicher auch beim Fest dabei sein. Aber was war, wenn er sie auf der Reise nicht beschützen konnte?

Ruwina zog an seiner Hand und machte ein paar Schritte.

«Also gut, du kannst mitkommen», sagte Eric, als er sah, dass der kleine Lockenschopf sowieso nicht gewillt war, von seiner Seite zu weichen.

Glücklich darüber mitkommen zu dürfen, hüpfte das kleine Mädchen an der Seite von Eric den Weg entlang.

Schon bald ließen die beiden Kinder den Wald hinter sich. Immer mehr Felsen und große Steinbrocken säumten den Wegrand.

In der Ferne sah Eric Rauch aufsteigen. «Das könnte ein Dorf sein. Vielleicht bekommen wir dort etwas zu essen.» In der Hoffnung auf ein verspätetes Frühstück beschleunigte Eric seine Schritte.

Im Dorf herrschte ein reges Treiben. Dagegen war Erics Heimatdorf ein kleines verschlafenes Nest. Von den umliegenden Bauernhöfen waren die Menschen zum großen Bauernmarkt eingetroffen. Viele verschiedene Waren wurden auf Tischen und am Boden ausgelegten Tüchern angeboten. Dazwischen drängten sich viele Leute hin und her.

Es waren auch Esswaren ausgelegt, die Eric und Ruwina noch nie gesehen hatten. Beim Anblick dieser Köstlichkeiten lief ihnen das Wasser im Mund zusammen.

Was hätte Eric alles dafür gegeben, in eine dieser frischen Brezeln beißen zu dürfen! Sein Magen plagte ihn schon seit Stunden und verlangte nach etwas Essbarem.

Ruwina zupfte an seinem Kleid und zeigte auf die kleinen Brötchen, die auf dem Tisch des Bäckers lagen.

Eric seufzte. Er hatte kein Geld dabei. In seiner Tasche lagen nur die Schriftrolle, die Fackel und die halbgefüllte Wasserflasche aus Leder.

Eric betrachtete die vielen Brötchen vor sich. Plötzlich schoss ihm ein Gedanke durch den Kopf: «Der Bäcker hat so viele Brötchen, der merkt doch nicht, wenn ich eines davon nehme.»

Plötzlich rollte ein Brot von dem Stapel und fiel zu Boden.

Schnell griff Eric danach und packte es in seine Tasche.

Doch bevor er sich wieder aufrichten konnte, kreischte bereits die Frau hinter dem Stand: «Dieb, Dieb! Haltet den Dieb auf. Packt ihn!»

Eric blickte erschrocken auf und sah, wie die dicke Bäckersfrau direkt auf ihn zeigte.

Sofort entstand ein Tumult und ehe sich Eric versah, packten ihn bereits zwei Hände und trugen ihn davon.

Ruwina wurde im Gewühl der Leute auf den Boden gedrückt. Sie brachte wie immer keinen Ton heraus und sah stumm zu, wie Eric abgeführt wurde.

Tränen tropften auf Erics Tasche, als sie diese vom Boden aufhob. Schnell rannte sie damit davon.

Am Rand des Dorfes kauerte sich Ruwina zwischen einem Misthaufen und einem Schweinestall auf den Boden und weinte. Bei jedem Schluchzer wurde ihr ganzer Körper durchgeschüttelt.

Verzweiflung breitete sich in ihr aus. Was sollte sie nur ohne Eric machen? Ohne ihn fand sie den Weg zum König niemals und in diesem Dorf konnte sie auch nicht bleiben. Die Bewohner kannten kein Erbarmen mit fremden, hungrigen Kindern.

Hilflos und müde öffnete Ruwina Erics Tasche und brach ein kleines Stück von dem frischen Brot ab. Es schmeckte wunderbar auf ihrer Zunge. Sie aß davon, bis ihr Magen keine Hungersignale mehr sendete.

Plötzlich begannen die Schweine laut zu quietschen und im Stall hin und her zu springen. Irgendetwas hatte sie aufgescheucht.

Ruwina hielt die Luft an und schaute sich vorsichtig um. Aber es war niemand in der Nähe.

Als sich die Schweine wieder beruhigt hatten, zog sie aus der schmutzigen Ledertasche die Papierrolle heraus. Eric hatte ihr unterwegs erzählt, dass dieses Papier eine Einladung zum Fest des Königs war und dass es zu ihm gesprochen hatte.

Vorsichtig rollte sie das Papier auseinander und betrachtete die schönen geschwungenen Buchstaben. Ob diese Einladung auch für sie galt?

Eric hatte jedenfalls sehr überzeugend davon gesprochen, dass jeder eingeladen sei und alle Kinder des Königs sein durften. Es lief Ruwina warm den Rücken hinunter. Wie sehr sehnte sie sich doch danach, zu einer Familie zu gehören und die Tochter eines lieben Vaters sein zu dürfen. Das würde ja bedeuten, dass sie eine Prinzessin wäre!

Ein Lächeln huschte über ihr Gesicht. Sie schloss die Augen und dachte an den König. Auf einmal wurde es ihr ganz warm ums Herz. Sie vergaß, dass sie hier neben einem Misthaufen saß. Immer klarer begann sie Bilder vor ihrem inneren Auge zu sehen. Diese schienen so wirklich, als würde Ruwina das real erleben.

Plötzlich sah sie, wie der König vor ihr stand und ihren Namen rief: «Ruwina!» Er winkte ihr zu. «Komm zu mir, meine geliebte Tochter!»

Ohne zu zögern lief Ruwina im Traum los und umarmte den König – ihren neuen Vater. Dabei flossen

Glück und Freude wie aus einem Krug gegossen in ihr Herz. Es war, als ob sie löffelweise süßen Honig aß und sich gleichzeitig so leicht wie eine Feder fühlte. Hier wollte sie bleiben! Ihren König möchte sie nie mehr loslassen. Sie wünschte sich, dass dieser Traum nie aufhörte.

Eric wurde grob über die scharfen Kieselsteine auf dem Dorfplatz geschleift. Zwei Männer zogen ihn an den Beinen auf den kleinen Turm zu, in den Räuber und andere Verbrecher hineingeworfen wurden, bevor über ihre Strafe verhandelt wurde.

Eric kämpfte gegen die Tränen. Er hatte es doch gar nicht böse gemeint, er hatte sich nur von seinem plagenden Hunger verleiten lassen, das Brot zu stehlen.

Grob stießen die Männer ihn in eine dunkle Ecke des Gefängnisses. «Diebe sind bei uns nicht willkommen! Sie werden alle hart bestraft!»

Mit einem lauten Knall fiel die massive Holztür ins Schloss.

Sofort saß Eric im Dunkeln. Der muffige Geruch von abgestandener Luft, Rattenkot und faulem Stroh machte ihm das Atmen schwer.

Langsam kroch die feuchte Kälte in seine Kleider und entzog ihm alle Wärme. Eric blieb nichts anderes übrig als zu warten.

Der Hunger quälte ihn immer mehr.

Hätte er sich doch nur beherrschen können, schimpfte Eric mit sich selbst, dann würde er jetzt nicht in dieser Zelle sitzen und wäre zusammen mit Ruwina auf dem Weg zum Königsschloss. – «Ruwina!», platze Eric plötzlich heraus, «die habe ich ja ganz vergessen! Wo ist sie wohl jetzt? Sie hat niemanden, der sie beschützt. Allein findet sie den Weg nicht und außerdem ist sie auch noch viel zu klein, als dass sie mir hier heraushelfen könnte.»

Als wäre er nicht schon verzweifelt genug wegen seiner eigenen Lage, überrollte ihn nun auch noch die Sorge um Ruwina wie ein großer Felsbrocken. Voller Verzweiflung sprang er auf und stolperte durch den dunklen Raum zur Tür. Er hämmerte wild an sie. «Lasst mich raus! Bitte, lasst mich raus. Ich wollte doch nichts Böses tun.»

Nach einer Weile hörte er auf zu schreien und zu poltern. Denn draußen blieb es still. Einsam, still und dunkel.

So plötzlich, wie Ruwinas schöner Traum begonnen hatte, war er auch wieder zu Ende.

Sofort öffnete sie ihre Augen und schaute sich um. Um sie herum war noch alles so wie vorher, aber irgendetwas *in ihr* war anders. Die Angst und die Einsamkeit waren weg, dafür spürte sie etwas Neues in ihrem Herzen. Es fühlte sich an, als ob die Liebe des Königs immer noch in ihr drin war. Eine Glut brannte in ihr und verströmte warme Hoffnung – eine Hoffnung, die sie noch nie hatte.

Schnell rollte sie die Schriftrolle wieder zusammen

und steckte sie ganz unten in die Ledertasche.

«Was machst du so allein hier?»

Ruwina erschrak. Vor ihr stand ein weißes Pferd, auf dem ein junger Ritter saß. Seine Rüstung glänzte in der Sonne und sie musste die Augen zukneifen, damit sie etwas sehen konnte.

«Du musst keine Angst haben», fuhr der Ritter fort und schwang sich dabei vom Pferd. Er blieb vor dem kleinen Lockenkopf stehen und beugte sich zu ihr hinunter. «Was machst du so allein da am Boden neben dem Schweinestall und dem Misthaufen?»

Ruwina schaute ihn mit großen Augen an. Dieser junge Ritter erinnerte sie irgendwie an Eric. Vielleicht weil er gleich alt schien wie er oder weil er dieselbe freundliche Stimme hatte. Aber irgendwie wirkte der Junge doch ganz anders. Nicht nur seine Rüstung glänzte, sondern auch auf seinem Gesicht war ein Leuchten. Ruwina spürte, wie von diesem Ritter Liebe ausging. Dieses Gefühl erinnerte sie an den Traum.

Sie streckte ihre kleine Hand aus und berührte den metallenen Brustpanzer. Es war kein Traum, das hier war echt.

Der Ritter zog einen großen Apfel aus seiner Tasche und streckte ihn dem Mädchen entgegen.

Ruwina nahm ihn und nickte zum Dank. Aber sie biss nicht hinein. Sie kramte zuerst in der Ledertasche und zog stumm die Schriftrolle hervor.

Der Ritter erkannte das Symbol auf dem Papier sofort. «Du bist also unterwegs zum großen Fest des Königs?»

Ruwina nickte.

Der Ritter lachte freundlich. «Das trifft sich gut. Ich bin ein Ritter des Königs und ich habe den Auftrag, die Botschaft des Königs weiterzusagen und Menschen auf der Suche nach dem König zu helfen und sie zu begleiten.» Er zog sich den Handschuh aus und streckte Ruwina seine Hand entgegen. «Ich bin Edwin. Und wie heißt du?»

Ruwina zögerte, dann griff sie nach einem Stöckchen und schrieb damit ihren Namen auf den Boden.

«Ruwina», las Edwin laut vor. «Das ist ein sehr schöner Name. Komm, du kannst auf dem Pferd reiten. Ich bringe dich zum König.»

Ruwina war ganz aufgeregt – seit ihrem Traum war es ihr größter Wunsch zum König zu gehen. Es war bestimmt kein Zufall, dass Edwin sie gerade jetzt entdeckt hatte. Der König musste ihr direkt ins Herz gesehen haben.

Plötzlich schoss ihr der Gedanke an Eric durch den Kopf. Nein, ohne ihn wollte sie nicht losreiten. Gab es nicht irgendeine Möglichkeit ihn zu befreien und mitzunehmen?

Schnell griff Ruwina wieder zum Stock. Sie schrieb «Eric» in den Staub und zupfte Edwin am Ärmel.

Der junge Ritter runzelte die Stirn. «Ist Eric mit dir unterwegs?»

Ruwina nickte.

«Wo ist er?»

Das Mädchen schaute ihn traurig an und stand langsam auf. Sie blickte zum Turm hinüber, der über die Hütten hinausragte. Plötzlich liefen ihr wieder Tränen über die Wangen.

Edwin zog ein weiches Tuch aus der Satteltasche und trocknete Ruwinas Wangen. «Komm, steig auf. Ich bin im Auftrag des Königs unterwegs. Es sollte doch eine Möglichkeit geben, diesen Eric zu befreien ...»

Schnell kletterte Ruwina auf den Rücken des Pferdes. Sie war froh, dass Edwin ihr Anliegen so schnell verstanden hatte.

Edwin schwang sich vor sie auf den Schimmel, griff in die Zügel und ritt in Richtung Dorfplatz davon.

Dort hörte er sich auf dem Markt um. Es dauerte eine ganze Weile, bis er in Erfahrung bringen konnte, was mit Eric geschehen sollte.

Plötzlich wurde es in Erics Gefängnis hell. Zwei große, breitschultrige Männer packten ihn an den Armen und schleiften ihn hinaus ans Tageslicht.

Die Sonne blendete ihn so stark, dass er nicht sah, wohin er gebracht wurde.

Auf dem Dorfplatz war ein Holzpodest aufgestellt worden. Viele Leute drängten sich ringsum. «Dieb!», riefen sie wild durcheinander, «werft ihn für immer in den Kerker!»

Eric hatte große Angst. Als er das Geschrei der Leute hörte, verlor er jegliche Hoffnung, heil davonzukommen.

Harsch wurde er auf das Holzpodest gestellt und mit einem Moment wurde es ganz still auf dem Dorfplatz.

Eric blinzelte gegen die Sonne und versuchte zu erkennen, was vor sich ging. Da er lange in der Zelle gelegen hatte, hatte er auf den Holzbalken Mühe, das Gleichgewicht zu halten. Er stolperte und wäre beinahe heruntergefallen.

Ein abschätziges Gelächter ging durch die Reihen, bevor sich die Stimmung wieder verfinsterte.

Direkt neben dem Podest saßen vier Dorfälteste auf einer Holzbank. Diese erhoben sich nun.

Der Vorderste rief mit lauter Stimme: «Wir beginnen mit der Anklage!»

«Dieser fremde Junge wurde auf frischer Tat ertappt, als er auf dem Markt Brot gestohlen hat!» Der zweite Älteste streckte ein Pergamentpapier in die Höhe.

Eric ließ den Kopf hängen und war den Tränen nahe. Aber er biss fest die Zähne zusammen, er wollte vor diesen Leuten ja nicht weinen.

Nun rief der dritte der Ältesten: «Der Dieb muss 150 Goldstücke bezahlen. Das ist die Strafe. Wenn er das nicht kann, muss er in den Turm, bis er das Geld bezahlt hat! Auch wenn es sein ganzes Leben lang ist!»

Aus Erics Gesicht wich schlagartig alle Farbe und Angst zog ihm das Herz zusammen. 150 Goldstücke würde er in seinem ganzen Leben nie verdienen können. Kein normaler Mensch besitzt so viel.

Eine warme, aber klare Stimme riss Eric aus seinen deprimierten Gedanken: «Ich bezahle für ihn.»

Ein Raunen ging durch die Zuschauermenge. Niemand in diesem Dorf hatte schon einmal davon gehört, dass jemand für einen andern einen so hohen Betrag bezahlt hatte.

Entschlossen trat Edwin vor die Dorfältesten und hielt einen Beutel in die Luft. «Hier sind 150 Goldstücke.

Der König von ‹Sunganuven› bezahlt die Strafe.» Dann ließ er den Sack voll Gold in den Staub fallen, den Ältesten direkt vor die Füße.

Die Dorfältesten schauten sich verdutzt an. Sie wussten nicht, was sie sagen sollten.

Edwin sprang die Stufen zum Podest hoch. «Ich nehme den Jungen mit mir mit.»

Verdattert ließen die Wachen den Gefangenen los und Edwin begann ihm die Fesseln um die Hand- und Fußgelenke zu lösen.

Eric war tief berührt. Er verstand nicht, was mit ihm geschah. Mit so etwas hatte er im Traum nicht gerechnet.

«Komm!», rief Edwin ihm zu, als dieser bereits wieder vom Holzpodest hinunterkletterte.

Eric ließ sich dies nicht zweimal sagen und folgte dem fremden Ritter eiligst hinterher.

Sie gingen mit schnellen Schritten an den Dorfleuten vorbei.

Plötzlich erblickte Eric Ruwina. Sie saß auf einem schönen weißen Pferd.

Der Ritter steuerte direkt auf sie zu.

Das gab ein freudiges Wiedersehen.

Aber Edwin war in Eile. «Lasst uns verschwinden, bevor es sich die Leute noch anders überlegen.» Er packte die Zügel und zog das Pferd hinter sich her.

Sie verließen das Dorf auf dem direkten Weg.

Nach einer Weile sahen die drei Kinder nur noch die Spitze des Dorfturmes und etwas Rauch, der aus den Kaminen aufstieg.

«Hier machen wir eine Pause.» Edwin zog am Zügel, so dass das Pferd stehen blieb. Dann half er Ruwina abzusteigen.

Die Jungen ließen sich ins Gras fallen, während Ruwina um die Bäume rannte, um sich die Beine zu vertreten.

«Vielen Dank, dass du mich gerettet hast.»

Edwin drehte seinen Kopf zum Jungen. «Das ist gerne geschehen.»

«Aber …» Eric zögerte.

«Was?»

Eric setzte sich auf und seufzte. «Ich werde dir das Geld nie im Leben zurückbezahlen können.»

«Das brauchst du auch nicht. Das war nicht mein Geld. Der König hat es bezahlt. Er erwartet es nicht zurück von dir.» Edwin streckte dem Jungen Dörrfrüchte, Brot und frisches Wasser hin.

Erics Augen leuchteten, während er sofort ein paar Bissen in den Mund steckte. Er hatte seit Langem nicht mehr richtig gegessen. «Wer bist du eigentlich? Wieso gibt dir der König so viel Geld?», fragte Eric, nachdem er sich seinen Bauch schon etwas gefüllt hatte.

Edwin erzählte ihm, dass er ein Ritter des Königs ist, dass er vom König in diese Gegend gesandt wurde, um Menschen auf dem Weg zum Königsschloss zu helfen, und wie er Ruwina gefunden hatte. «Wir haben noch eine lange und gefährliche Reise vor uns», schloss der junge Ritter seine Ausführungen. «Wir müssen eine Schlucht durchqueren, dann durch das Land der Riesen und am Schluss über den Pass, auf dem der große Drache wohnt. Wenn wir überall heil durchkommen, dann sind wir ganz nahe beim Königsschloss ‹Sunganuven›».

Eric wurde es bange ums Herz. Würden sie das jemals schaffen?

Seine Bedenken waren ihm ins Gesicht geschrieben, so dass Edwin es sofort mitbekam. «Du brauchst keine Angst zu haben. Als Erstes besuchen wir nämlich das Haus des Friedens. Dort bekommen wir alles, was wir für die Reise benötigen!»

Eric kam aus dem Staunen nicht heraus. Zuerst wird seine Strafe vom König höchst persönlich bezahlt, dann bekommt er zu essen und zu trinken und er soll sogar noch mehr bekommen. Das hätte er damals nicht für möglich gehalten, als er sein Heimatdorf verlassen hatte.

Haus des Friedens

Der Weg schlängelte sich über eine schmale Ebene auf die Berge zu.

Abwechselnd durfte immer einer der drei Wanderer auf dem Pferd reiten, während die anderen beiden zu Fuß unterwegs waren.

Am längsten durfte jeweils Ruwina sitzen bleiben, aber jetzt war Edwin an der Reihe. Er ritt auf dem weichen Gras neben dem Weg.

Heimlich schaute Eric immer wieder zu Edwin hinüber. Wie seine Rüstung glänzte! Was würde er dafür geben, wenn er auch eine solche besitzen dürfte!

Edwin zog das Pferd am Halfter nach links und ritt um einen Felsen herum. An der engsten Stelle musste das Pferd einen kleinen Sprung machen, um das steinerne Hindernis zu überwinden.

Eric sah neidisch zu dem Ritter hinüber. Das Pferd war wunderschön und stark! «Morgentau» nannte es Edwin, weil sein Fell in der Sonne glänzte wie die kleinen Tautropfen auf einer Wiese, wenn die Sonne aufging.

Ein solches Pferd wünschte sich Eric auch. Dann könnte er über die Felder galoppieren und mit seinem Schwert Feinde in die Flucht schlagen.

Warum durfte Edwin das alles haben und er nicht? War dieser etwas Besseres als er?

Während Eric seinen Gedanken nachhing, achtete er gar nicht mehr auf die Umgebung. Er trottete einfach Edwin hinterher. Erst als dieser stoppte, bemerkte er, dass sie seit geraumer Zeit in einer schmalen Schlucht gewandert waren.

Vor ihnen türmte sich eine hohe Felswand auf, die die Schlucht zu einer Sackgasse machte.

Ruwina blickte ratlos zu Edwin auf. Ihre Augen verrieten ihre Frage: Wie sollen wir da nur weiterkommen?

Eric schlug entnervt die Hände über dem Kopf zusammen. Er spürte, wie Zorn in ihm aufstieg. Er hätte besser selber nach dem Weg geschaut, als diesem Fremden zu vertrauen, schoss es ihm durch den Kopf. Das hatte er nun davon. Wie sollten sie heute noch einen Platz zum Schlafen finden? Nun mussten sie womöglich die ganze Strecke durch die Schlucht wieder zurückwandern! «Das haben wir davon, dass wir dir vertraut haben», warf er Edwin an den Kopf, «du hast ja keine Ahnung, wohin du uns führst! Es ist wohl besser, wenn wir uns wieder allein auf den Weg machen.»

Eric erschrak über seine eigenen Worte. Wie aus dem Nichts und doch von ganz unten aus seinem Herzen waren diese Worte plötzlich aufgetaucht. Der Neid hatte seine Gedanken gegenüber Edwin vergiftet. Mehr als eine Stunde hatte Eric diesen Gedanken nachgehangen und Misstrauen in sein Herz gesät.

«Äh … ich meine …», stotterte Eric. Wie gern wollte er seine Worte zurücknehmen, schließlich verdankte er dem jungen Ritter sein Leben. «Es tut mir leid, ich wollte das gar nicht sagen.»

«Auf der rechten Seite des Weges sollten wir ein Zeichen an der Wand finden», sagte Edwin, als ob er Eric nicht gehört hätte. «Seht ihr irgendwo etwas Außergewöhnliches?»

Die drei verteilten sich und suchten die verwitterte

und von Moos überwachsene Felswand ab. Da und dort sah man Ritzen oder kleine Mulden, aber die konnte man nur mit viel Fantasie als ‹Zeichen› deuten.

Eric zuckte zusammen, als Ruwina einen Kieselstein in seine Richtung warf. Er drehte sich zu ihr um, um sich zu beschweren, aber da sah er, wie sie aufgeregt auf die Felswand deutete.

«Ruwina hat etwas gefunden!», rief er Edwin zu und rannte zu dem Mädchen hinüber.

Etwa auf der Höhe ihrer Augen war ein kleiner Vogel in den Stein gemeißelt, der wie eine Taube im Flug aussah.

Edwin kratzte schnell die Moosflechten rings um die Zeichnung weg. «Gut gemacht, Ruwina! Du hast die Tür gefunden! Dahinter liegt ein Weg, der zum Haus des Friedens führt.»

Eric kratzte sich am Kopf. «Ich sehe keine Tür, nur eine Zeichnung.»

«Tretet mal einen Schritt zurück», befahl der Ritter, während er mit beiden Daumen fest gegen den Vogel drückte.

Plötzlich gab eine tellergroße Steinplatte ein paar Zentimeter nach. Unter großem Quietschen und Krachen bewegte sich gleich daneben wie von unsichtbarer Hand ein Felsentor einen Meter zur Seite. Die entstandene Spalte war gerade groß genug, dass Morgentau mit eingezogenem Kopf durchmarschieren konnte. Edwin musste dazu die Satteltaschen abnehmen und eigenhändig durch die Spalte tragen.

Die drei Reisenden tasteten sich durch den dunklen Gang, der sich hinter dem geheimen Tor befand.

Morgentau war es nicht wohl in dieser feuchten Höhle. Er bockte und wieherte immer wieder.

Sie hatten etwa fünfzig Schritte durch den Tunnel gemacht, da krachte und quietschte es plötzlich hinter ihnen. Das Tor schloss sich wieder und damit war es nun stockdunkel.

«Oh nein! Jetzt sind wir eingesperrt!» Eric tastete nach Ruwina, um ihre Hand zu nehmen.

«Zehn, neun, acht», begann Edwin zu zählen.

«Was soll das?», fragte Eric irritiert.

«sechs, fünf , vier …»

Plötzlich bebte die Erde. Morgentau begann wild am Halfter zu reißen, während Eric ganz bleich im Gesicht wurde.

Etwa fünfzig Schritte vor ihnen wurde eine Spalte immer breiter und Licht strömte hinein. Nach ein paar Sekunden war der Lärm vorbei.

«Kommt, die Aussicht dahinten müsst ihr sehen!» Edwin ging nun schnellen Schrittes auf den Ausgang zu.

Als sie aus dem Tunnel traten, öffnete sich vor den Augen der Kinder eine atemberaubende Landschaft. Eine riesige Blumenwiese lag vor ihnen, die malerisch von Bergspitzen umringt war. In der Mitte erhob sich ein kleiner Felsenhügel, auf dem ein kleines romantisches Häuschen thronte.

Die Kinder atmeten die frische Luft tief ein und der Blumenduft ließ sie die Strapazen der vergangenen Stunden vergessen.

Ruwina war ganz aufgeregt. Genau dieselbe Stimmung kannte sie von irgendwo her. Plötzlich begannen ihre Augen zu leuchten – sie erinnerte sich wieder:

In dem Traum mit dem König hatte es auch so gut geduftet und geleuchtet. Das hier muss also auch vom König sein, folgerte sie. Fröhlich begann sie den gewundenen Pfad hinunter zu hüpfen.

Die Jungen folgten ihr.

Auch für Eric war es ganz besonders hier. An diesem Ort fühlte er sich selbst so lebendig. Sogar die Steine um ihn herum schienen zu singen und die Luft vibrierte, als ob eine Person vor ihm stehen würde.

Ein sanfter Wind strich ihm übers Haar und trug eine geheimnisvolle Musik zu ihm, die sehr schön war und eine Sehnsucht ihn ihm weckte. Er konnte diese Musik mit seinen Ohren zwar nicht hören, aber er konnte sie mit seinem ganzen Körper spüren und hatte plötzlich einen außergewöhnlichen Hunger. Doch war es nicht sein Magen, der knurrte, sondern sein Herz. Er hatte Hunger nach dem Frieden, den er in diesem Land spürte.

Eric wünschte sich, diesen besonderen Ort nie mehr verlassen zu müssen. Dieser Wunsch prägte sich fortan tief in sein Herz ein.

Der Pfad schlängelte sich geradewegs auf die Felsen mit dem Häuschen zu und mit jedem Schritt, mit dem die Kinder näher kamen, hörten sie immer deutlicher ein fröhliches Plätschern.

Als Ruwina die Quelle entdeckte, die unterhalb des Felsens entsprang, rannte sie los und erreichte das klare Wasser als Erste. Sie tauchte lachend ihre Hände hinein und spritzte sich Wasser ins Gesicht, bevor sie daraus trank.

Als die Jungen endlich auch dazukamen, spritzte sie

die beiden schwungvoll nass.

«Na, warte!», rief Eric und stürzte sich zum Wasser.

Eine wilde Wasserschlacht begann. Während sie lachten und kreischten, waren sie im Nu platschnass.

Morgentau genoss die Pause und fraß sich quer durch die Blumenwiese.

Als die Kinder plötzlich das Knarren einer Tür hörten, hielten sie abrupt inne. Sie schauten zum Häuschen hoch und sahen in der Tür eine alte Frau stehen. Ihr Gesicht hatte viele Runzeln und auf ihrem Kopf wehte schneeweißes Haar im Wind. Ihre Kleider sahen auch alt aus, aber doch nicht schäbig. Im Gegenteil, sie glänzten wie der Regenbogen und je nach Bewegung schimmerten die Kleider blau oder grün.

Die Frau lächelte freundlich. Sie hieß Irina. «Ihr habt also die Quelle des Lebens entdeckt! Nun, jeder der davon trinkt, wird keinen Durst mehr haben und ganz erfrischt werden.» Sie strahlte über das ganze Gesicht, als sie die Kinder zum Haus hoch winkte. «Kommt herein und erzählt mir von eurer Reise!»

Erfrischt vom Wasser rannten die drei Kinder flink den Weg hinauf zum Haus. Als sie oben ankamen, waren ihre Kleider bereits wieder trocken.

«Macht es euch gemütlich. Euer Essen steht schon auf dem Tisch.» Irina deutete auf den rustikalen Tisch, der in der Mitte des großen Raumes stand.

Eric staunte. Der Tisch war tatsächlich für vier Personen gedeckt worden. Feinste Köstlichkeiten standen in der Mitte. Dinge, die er und Ruwina nicht einmal vom Hörensagen kannten.

Mit jedem Bissen, den sie zu sich nahmen, spürten sie, wie Kraft in sie hineinströmte.

Während die Kinder aßen, erzählte Irina begeistert von einem Leben im Sonnenschein und davon, dass man nie mehr traurig sein müsse.

Nach dem Essen servierte sie warmen Honig-Tee.

Der Tee, die Wärme im Häuschen und das feine Essen in ihren Mägen machten die Kinder ganz schläfrig. Sie waren müde von ihrer anstrengenden Reise und nacheinander legten sie ihre Köpfe auf die verschränkten Arme auf dem Tisch und schliefen bald ein.

Der feine Klang eines Glöckchens weckte Eric. Erstaunt setzte er sich in einem wohlig weichen Bett auf. Plötzlich stellte er fest, dass er nicht mehr seine alten Kleider trug. Stattdessen steckte er in einem maßgeschneiderten Gewand aus feinstem Stoff mit Goldstickereien.

Verdutzt schaute er zu Ruwina hinüber. Ihr altes zerlumptes Gewand war gegen zierliche, aber doch robuste Sachen ausgetauscht worden. Eric sah in ihr eine Prinzessin im Reit- und Jagddress. «Der König muss uns sehr gern haben», dachte Eric, «warum sonst würde er uns solch wertvolle Kleider schenken!»

Lachend trat Edwin ein und unterbrach den Jungen in seinen Gedanken. «Da staunst du, was! Mir ging es genau gleich, als ich meine Kleider bekam. Schau, ich trage sie unter meiner Rüstung.» Edwin hob den Brustpanzer hoch.

Eric nickte staunend, bis Edwin auf zwei Paar Lederstiefel deutete, die bei der Tür am Boden standen.

Eilends schwang Eric seine Beine von der hohen Bettkante und schnappte sich das größere Paar Stiefel. Er schlüpfte hinein und merkte, wie sie seine Füße wie angegossen umschlossen.

Auch Ruwina zog sich die Schuhe an und strahlte übers ganze Gesicht. So schöne und bequeme Schuhe hatte sie in ihrem ganzen Leben noch nie getragen!

«Habt ihr eure Stiefel schon angezogen?» Irina blickte ins Zimmer. «Kommt, bevor ihr weiterzieht, möchte ich euch noch etwas zeigen.»

Die Kinder folgten Irina aus dem Haus. Dahinter war ein kleiner Garten angelegt und in der Mitte stand ein wunderschöner großer Baum. Seine verschnörkelten Äste waren über und über mit Früchten behangen. Die Blätter waren silbern und seine Rinde ganz weiß. Er schien gleichzeitig uralt und doch ganz jung zu sein, als ob es ihn schon immer gegeben hätte, die Zeit ihm aber nichts anhaben konnte.

Mit offenem Mund standen Eric und Ruwina da.

Auch Edwin versetzte dieser Baum wieder neu ins Staunen, obwohl er auch schon hier gewesen war.

Irina stellte sich unter einen großen Ast und zog sich zur Überraschung der Kinder flink daran hoch. Mit einem Ruck, als spiele ihr Alter keine Rolle, stand sie auf dem Baum und pflückte Blätter und Früchte von den Ästen und legte sie in eine Umhängetasche.

So schnell wie Irina oben war, kam sie auch wieder hinunter. Sie ging auf Ruwina zu und hängte ihr die Stofftasche um. «Ich vertraue dir die Blätter des Elupuu an. Gebrauche sie weise. Mit ihnen kannst du alle Arten von Krankheiten und Verletzungen heilen – du musst sie nur im Vertrauen auflegen.»

Ruwina sah die alte Frau mit großen Augen an. Sie verstand nicht ganz, aber das machte nichts.

«Edwin, dir gebe ich die Früchte des Baumes. Gebrauche auch sie weise! Nur wenn du sie verschenkst, wirst du selber nie zu wenig haben. Aber du kennst die Prinzipien des Königreiches ja bereits.»

Edwin nickte.

Eric blickte Irina erwartungsvoll an. Ob er wohl leer ausgehen würde?

Als ob die Frau seine Gedanken gehört hätte, sagte sie zu ihm: «Auch dir vertraut der König etwas an. Dir will er das Wasser des Lebens mitgeben. Ich habe deine Feldflasche an der Quelle aufgefüllt. Denk daran, dass in diesem Wasser das Leben ist. Verschwende keinen Tropfen, sondern setze jeden davon weise ein.»

Irina blickte von einem zum andern. Dann sagte sie: «Gute Reise.»

Plötzlich begann sich rund um die drei Kinder alles zu drehen. Immer schneller und schneller kreiste die Landschaft um sie herum, bis sie diese nicht mehr wahrnehmen konnten.

Nach kurzer Zeit war der Spuk vorbei. Alles war plötzlich wieder still. Aber Irina, das Haus, der sonderbare Baum und die Blumenwiese waren verschwunden.

Eric rieb sich die Augen. «Habe ich das alles nur geträumt?»

Ruwina zupfte an seinem Kleid und schüttelte den Kopf.

«Stimmt, die neuen Kleider sind immer noch da und auch eure Taschen mit den Blättern und den Früchten. Es ist also doch wirklich passiert.» Eric schaute sich verdutzt um. «Aber wo sind Irina und das Haus hin?»

Edwin deutete in die Ferne. «Wir wurden anscheinend an einen andern Ort versetzt. Schau, dort hinten sind die Berge, die das Haus des Friedens umgeben.» Er lachte und schaute sich nach Morgentau um. «Irina macht manchmal solche Späße. Mir soll es recht sein, damit haben wir mindestens einen Tag auf unserer Reise eingespart!»

Eric war verwirrt. Er konnte all das Neue, das er in den letzten zwei Tagen gelernt hatte, kaum richtig einordnen. Aber einer Sache war er sich ganz sicher: Er wollte unbedingt noch mehr davon erleben. Denn so frisch und frei wie auf dieser Reise hatte er sich noch nie in seinem Leben gefühlt.

Plötzlich hörten sie Lärm. Als sie sich umdrehten, sahen sie, wie Morgentau auf sie zu galoppierte. Er verlangsamte seinen Schritt und hielt neben Edwin an. Dieser verstaute die Früchte von Elupuu in der Satteltasche und half Ruwina aufzusteigen.

Vor ihnen lag eine weite Grasebene und sie sahen in der Ferne ein kleines Dorf, das aus mehreren kleinen Häuschen bestand.

Voll guten Mutes wanderten sie auf das Dorf zu. Aber mit jedem Schritt, den sie auf die Häuser zu machten, steigerte sich ihre Vermutung, dass irgendetwas nicht stimmte.

Als sie das Dorf erreichten, spürten sie, dass eine

Spannung in der Luft lag. Es herrschte eine gespenstische Ruhe. Kein Mensch war auf der Straße und kein Tier war zu sehen. Dafür entdeckten die drei Kinder immer mehr Brandspuren und kaputte Hausdächer.

«Es sieht so aus, als ob die Bewohner geflüchtet wären.» Edwin stieß ein Tor zu einem Hinterhof auf. «Hallo, ist da jemand?»

Es blieb still.

Auf dem Dorfplatz entdeckten sie einen Wagen, dem ein Rad abgefallen war. Die Holzsplitter waren noch ganz frisch.

«Vor Kurzem war noch jemand hier», folgerte Edwin und schaute in die Richtung, wo der Wagen vor seiner Panne gefahren war. «Dort hinten ist das Gras zu Boden getrampelt.»

Eric ging auf das Gras zu. Weiter hinten war auch der Zaun, der um das Dorf gezogen war, heruntergerissen. «Es sieht so aus, als ob die Bewohner auf der Flucht den Hinterausgang genommen haben.»

Edwin nickte. «Die Spuren führen zum Wald dort hinten. Kommt, wir folgen ihnen.»

Eric ließ sich dies nicht zweimal sagen, irgendwie fühlte er sich schon fast wie ein Ritter, dessen Aufgabe es war, andern zu helfen. Er lief über die Wiese voran.

Kurz darauf erreichte er den Waldrand. «Ich habe jemanden gefunden!»

Edwin und Ruwina rannten zu ihm hin und sahen, wie Eric sich über einen Mann beugte, der am Boden lag.

«Was ist mit dir? Was ist passiert?»

Der Mann flüsterte etwas von «Angriff … Feuer … Drache.» Das Sprechen bereitete ihm offensichtlich große Schmerzen.

«Eric, gib ihm vom Lebenswasser!» Edwin deutete auf dessen Feldflasche.

Dieser öffnete schnell den Verschluss und setzte dem Mann die Flasche an die Lippen, so dass er trinken konnte.

Er nahm kleine Schlucke zu sich und die Kinder sahen, wie er mit jedem Schluck wacher wurde.

Ruwina befeuchtete ihr Halstuch und wusch damit dem Mann das Gesicht ab und reinigte seine Wunde am Arm. Plötzlich hielt sie inne. War das vielleicht einer dieser Momente, wo sie die Blätter von Elupuu gebrauchen konnte? Aufgeregt wühlte sie in ihrer Tasche und zog eines der silbernen Blätter hervor.

«Halte schön still», gab Edwin dem verdutzten Verletzten die Anweisung, «sie macht dir damit einen Verband und du wirst sehen, wie die Wunde schnell heilen wird.»

Der Mann ließ sich ohne Widerrede pflegen. Es ging ihm nun schon viel besser. «Danke. Ich heiße Tolwin.»

«Das sind Ruwina, Edwin und ich bin Eric. Gibt es noch mehr verletzte Bewohner? Wo sind alle anderen aus dem Dorf?»

«Ja, es wurden viele verletzt. Sie haben sich im Wald versteckt. Wartet, ich rufe sie.» Tolwin legte seine Hände vor den Mund und stieß drei Mal hintereinander einen Laut aus, der nach einem wütenden Waldkautz klang.

Plötzlich raschelte es um sie herum und die drei Kinder staunten nicht schlecht, als plötzlich etwa zwanzig Leute aus dem hohen Gras und dem Unterholz aufstanden.

Einige wurden getragen und andere hatten getrocknetes Blut an den zerrissenen Kleidern. Scheu versammelten sie sich um Tolwin und die Kinder.

Edwin stand auf und ergriff als Erster das Wort: «Wir bringen euch eine Einladung des Königs von Sunganuven. Er lädt alle zu einem großen Fest ein. Alle, die wollen, sind eingeladen, sich auf den Weg zu seinem Schloss zu machen.» Mit freundlicher, aber fester Stimme erzählte Edwin den erstaunten Dorfbewohnern, woher sie kamen und was ihr Auftrag war. Dann deutete er hinter Tolwin. «Stellt euch in einer Reihe auf; zuerst diejenigen, die am schwersten verletzt sind.»

Etwas skeptisch bildeten die Leute eine Reihe und warteten gespannt, was weiter geschehen würde.

Eric ging der Reihe entlang und verteilte Wasser.

Ruwina begab sich zum Vordersten und machte ihm einen Verband mit ein paar Elupuu-Blättern drin.

Unterdessen teilte Edwin Früchte an die Hungrigen aus.

Die Dorfbewohner ließen sich dankbar behandeln.

Aus den zaghaften Leuten wurde eine immer lebendigere Gruppe. Die Angst wich langsam aus ihren Gesichtern und Freude machte sich breit. Sie zeigten einander ihre Wunden, die unter den Blättern zu heilen begannen.

Eric und Ruwina waren so mit ihren Aufgaben beschäftigt, dass sie gar nicht bemerkten, dass die Feldflasche längst hätte leer sein müssen und die Blätter wohl kaum für alle Verletzten gereicht hätten.

Erst als die letzte Person versorgt war, stellte Ruwina fest, dass ihre Tasche immer noch mit Blättern gefüllt war. Aufgeregt zupfte sie Eric am Ärmel und zeigte ihm die Tasche.

Erstaunt blinzelte Eric in seine Feldflasche. Sie war ebenfalls immer noch voll, als ob er keinen einzigen Tropfen gebraucht hätte. «Edwin, schau! Wir haben immer noch genug!»

Edwin lachte: «Ja, ich weiß. Das ist eine Gesetzmäßigkeit im Reich des Königs: Es gibt immer genug!»

Es begann bereits zu dämmern, als sie zum Dorf zurückkehrten. Ein paar Männer zündeten ein Lagerfeuer an und viele aus dem Dorf setzten sich rundherum. Endlich erzählten sie der Reihe nach, was geschehen war.

Die Kinder bekamen Gänsehaut, als sie hörten, was passiert war.

Tolwin erzählte von einem sprechenden Drachen, der seit mehreren Jahren immer wieder in das Dorf kam. Dieser bedrohte sie und forderte, dass sie mehr als die Hälfte ihres Essensvorrats abgaben. Dazu all ihr Gold und ihren Schmuck.

Aber jetzt fiel die Ernte sehr schlecht aus und die Tiere hatten nur wenig Nachwuchs. Deshalb konnten sie dem Drachen nicht viel mitgeben. Da war er sehr wütend geworden und als Strafe hatte er Feuer gespuckt und großen Schaden im Dorf angerichtet. Voller Angst waren sie alle in den Wald geflüchtet und dabei hatten sich viele verletzt.

Edwin spürte, wie Wut in ihm hochstieg. Von diesem Drachen hatte ihm der König erzählt. Auch Irina hatte ihn erwähnt und gesagt, dass man ihn nicht unterschätzen durfte. Aber als Königskind müsse man trotzdem keine Angst vor ihm haben. Wenn man sich an die Ratschläge des Königs hielt, könne man ihn sogar besiegen, hatte sie gesagt.

Es war schon spät, als Edwin sich zu Eric hinwandte und flüsterte: «Wir müssen weiterziehen. Unser Auftrag ist noch nicht fertig. Wir verlieren zu viel Zeit, wenn wir hier übernachten. Wer weiß, wann wir dann morgen aufbrechen können. Ich kenne weiter oben eine Höhle, dort sind wir während der Nacht vor wilden Tieren geschützt.»

Die Dorfbewohner waren so in die Gespräche über das Fest des Königs vertieft, dass sie nicht merkten, wie sich die drei Kinder langsam aus dem Kreis am Feuer lösten und davonschlichen. Sie wollten keine große Aufmerksamkeit erregen.

«Wir werden viele von ihnen hoffentlich bald wiedersehen», erklärte Edwin. «Tolwin und viele andere aus dem Dorf möchten auch zum Fest des Königs kommen. Sie machen sich für die Reise fertig und kommen in ein oder zwei Tagen nach.» Schnell löste er den Strick, mit dem Morgentau am Dorfrand angebunden war.

Ruwina war zwar sehr glücklich und zufrieden, aber auch sehr müde. Sie lehnte sich auf dem Sattel nach vorn und schloss ihre Augen. Sie hätte es nie für möglich gehalten, dass sie eines Tages verletzten Menschen helfen würde und der König sie so gebrauchen konnte.

Aber nicht nur die drei Kinder hatten das Feuer verlassen. Auch Irrwisch, der Händler aus dem Dorf, schlich sich unauffällig davon. Aber er schlug einen anderen Weg ein und folgte dem steinigen Pfad hinauf zum Drachenberg.

Er wusste, dass der Drache die Einladung des Königs und die heilenden Früchte und Blätter des Elupuu abgrundtief hasste. «Wenn ich dem Drachen von den Kindern und ihrer Reiseroute erzähle, werde ich sicher reich belohnt!» Irrwisch sah in seinen Gedanken schon, wie er mit Gold und Edelsteinen überhäuft werden würde.

Neu ausgerüstet

Es war bereits nach Mitternacht, als die drei Kinder endlich die Höhle erreichten, in der sie übernachten wollten. Ruwina wachte nicht auf, als Edwin und Eric sie vorsichtig vom Pferd hoben und auf ihre einzige Decke betteten.

«Eric, weil Ruwina schläft, kann ich es dir ja sagen», begann Edwin, während auch er für sich ein Nachtlager bereitete. «Wir brauchen so schnell wie möglich Rüstungen für euch beide. Wir sind viel früher in das Gebiet des Drachens gestoßen, als ich dachte. Wenn wir morgen früh den Schritt von heute einhalten, können wir bereits um die Mittagszeit beim Schmied sein. Er macht uns die besten Rüstungen, die es gibt. Es sind die einzigen, in der wir auch das Feuer des Drachens aushalten können.»

«Ich habe schon gemerkt, dass du ziemlich vorwärtsdrängst. Ist etwas nicht in Ordnung?»

«Ich erkläre es dir morgen. Jetzt ist wichtiger, dass wir schlafen. In dieser Höhle sind wir sicher. Gute Nacht.» Edwin drehte sich auf dem harten und kalten Höhlenboden um und schlief bald ein.

Eric war sich sicher, dass Edwins Befürchtungen mit dem Drachen zu tun hatten. Aber bald übermannte auch ihn ein unruhiger Schlaf. Ruhelos wälzt er sich hin und her, während er von dem verwüsteten Dorf und dem Drachen träumte.

Die Mittagsonne brannte heiß auf den Vorplatz und die Luft flimmerte von der Hitze, während der Schmied Kalvin mit einem schweren Hammer auf eine Manastrela-Platte einschlug.

Kalvin war ein großer, kräftiger Mann, dessen Arme und Beine mit vielen Haaren bedeckt waren. Sein Bart reichte ihm bis zur Brust und seine schwarzen Haare zeigten wild in alle Richtungen. Er liebte die Hitze der Feuerstelle sowie seine Arbeit, bei der er so richtig kräftig zuschlagen konnte.

Eine seiner Brieftauben hatte ihm eine Nachricht von Irina gebracht. Es war ein neuer Auftrag: Es wurden zwei komplette Rüstungen gebraucht.

Das war nicht der erste Auftrag von Irina. Er musste schon für unzählige Wanderer Ritterrüstungen anfertigen und er durfte sie ihnen dann als Geschenk des Königs überreichen. Er genoss es jedes Mal, wenn er die strahlenden Gesichter in den neuen Rüstungen sah.

Der König wollte keine Massenproduktion. Diese Rüstungen waren alle Einzelanfertigungen aus Manastrela – ein Metall, das man normalerweise nicht auf der Erde fand. Es sei in den Urzeiten mit einem Kometen auf die Erde gefallen, erzählte man sich. Der König ließ Kalvin immer wieder eine Ladung davon bringen, deshalb nannte er es auch das Königsmetall.

Um Manastrela für die Rüstungen in die richtige Form schlagen zu können, musste das Feuer siebenmal heißer sein als normal. Aus diesem Stück hier fertigte

Kalvin ein Schild an. Mannshoch würde es werden, so dass bei einem Angriff der ganze Körper geschützt war.

Kalvin musste sich beeilen. Irina schrieb, dass die Kinder bald kämen, und bis dahin war noch einiges zu erledigen. Obwohl der Schmied breite Hände hatte, konnte er auch ganz feine, liebevolle Details in seine Kunstwerke prägen. Der Schild von Ruwina war bereits fertig. Darauf war ein prächtiger Adler abgebildet. Die Federn glänzten und schillerten in allen Farben. Der Schnabel und die Krallen waren golden. Darauf war Kalvin besonders stolz. Auf dem Schild für Eric musste er noch einen Löwen und ein kleines Lamm verewigen. Das sind Symbole der Königsherrschaft und des Gehorsams. Die Augen des Löwen würden sogar in der Dunkelheit funkeln. Dafür hat Kalvin zwei Rubine in seinem Tresor bereitgelegt.

Irrwisch konnte die Drachenhöhle bereits riechen. Bis jetzt hatten sich die Geschäfte mit dem Drachen immer gelohnt, deshalb war er sich sicher, dass er auch diesmal auf der Gewinnerseite stehen würde. Die letzten Meter vor der Höhle waren sehr steil, einige Meter musste er sogar klettern.

Dann zog sich Irrwisch mit aller Kraft auf die Felsplatte hoch, die wie ein großer Balkon hoch über dem Tal vor der Höhle lag.

«Ich habe dich bereits kommen sehen», erklang eine tiefe, aber schmeichelnde Stimme aus der dunklen Höhle. «Was führt dich zu mir, Irrwisch?»

«Sildanfur, du furchteinflößender, mächtiger Drache! Ich bringe dir eine Botschaft, die sehr wichtig ist für dich.»

«Mach es kurz!», zischte es aus dem Dunkeln.

Irrwisch holte Luft. Er war vom Klettern noch ganz außer Atem. «Es ziehen drei Kinder im Auftrag des Königs durchs Land und heilen die Verletzten, geben ihnen Wasser von der Quelle des Lebens und erzählen, dass sie alle zu dem großen Fest des Königs eingeladen sind.»

Sildanfur sprang fauchend aus der Höhle heraus, als Irrwisch den König erwähnte. «Schweig!» Nichts in seinem ganzen Leben hasste Sildanfur mehr als den König selbst und alles, was mit ihm zusammenhing: Alle seine Diener, seine Ritter und seine Botschaft. «Sprich nie mehr in meiner Gegenwart vom König!», schrie Sildanfur hysterisch. «Was immer diese Kinder vorhaben, ich werde sie daran hindern.»

Irrwisch kannte den Drachen bereits. Deshalb ließ er sich nicht so schnell erschrecken. Aber jedes Mal, wenn der Drache fauchte und kreischte, hielt er sich trotzdem die Arme vors Gesicht.

So schnell wie Sildanfur die Fassung verloren hatte, hatte er sich auch wieder beruhigt. Er schlich sich in die Höhle zurück und fragte Irrwisch mit säuselnder Stimme über die Kinder aus. Er musste alles erfahren, alles was ihm helfen konnte, ihre Mission zu verhindern.

«Ich sehe bereits die Hütte des Schmiedes!» Edwin zeigte zum Dorf und versuchte den müden Wanderern Mut zu machen. «Dort, es ist das Haus mit dem meisten Rauch.»

Bald darauf ließ sich Eric vor der Schmiede auf den Boden fallen. Diese Pause hatte er dringend nötig.

«Da seid ihr ja!», begrüßte sie Kalvin. «Kommt mit nach hinten, ich zeige euch eure Rüstungen.»

Ruwina stieg schnell von Morgentau hinunter und folgte den andern in den Lagerraum.

Überall blinkte und glänzte es. Das Mädchen staunte; da lagerten so viele Helme in allen Größen und erst die Schilder! Einige waren doppelt so groß wie sie selbst und hinter anderen hätte sie in der Breite gleich zweimal Platz gehabt. In einem anderen Gestell steckten verschiedene Schwerter. Welches war wohl für sie?

Kalvin unterbrach sie in ihrem Staunen: «Eure Sachen liegen da drüben.» Schwungvoll griff er mit seinen kräftigen Armen ins Regal und drückte Eric kurz darauf einen Brustpanzer, einen Gürtel und einen Helm in die Arme.

Ruwina bekam daselbe in kleinerer Ausführung.

Verdattert standen die beiden mit ihren Rüstungsteilen im Raum.

«Hilf den beiden beim Anziehen. Ich hole in der Zwischenzeit die Schilder und die Waffen», sagte Kalvin zu Edwin und verließ dabei den Raum.

Eric war überwältigt. Genau eine solche Rüstung hatte er sich doch gewünscht! Sie war etwas dunkler als die von Edwin und auf jedem einzelnen Stück war ein kleiner Löwe eingraviert. Erics Augen glänzten, als er mit der Hand über das Metall strich. So etwas hatte er noch nie gesehen. Die Farben wechselten je nach Blickwinkel von schwarz zu silbern und weiter ins Blaue.

Die Rüstung war nicht schwer. Eric klopfte prüfend

auf das Material; es fühlte sich trotz der Leichtigkeit stabil an.

Plötzlich stand Kalvin wieder neben ihm und streckte ihm einen großen Schild entgegen. «Deine Zeichen sind der Löwe und das Lamm. Sei so mutig und königlich wie der Löwe gegenüber dem Feind, aber vor dem König sei gehorsam und demütig wie ein Lamm.»

Eric betrachtete das Bild und nickte andächtig.

Auch Ruwina war hingerissen von dem, was sie nun tragen durfte. Mit einem Strahlen im Gesicht nahm sie ihren Schild entgegen.

«Dein Zeichen ist der Adler. Du sollst in die Weite sehen und den Wind sprechen hören, wie der König der Lüfte.»

Edwin schmunzelte. Er erinnerte sich noch gut daran, wie er seine Rüstung in Empfang nehmen konnte. Er durfte das Zeichen der Taube und des Feuers tragen. Er war dazu bestimmt, den Menschen Frieden zu bringen mit einem Feuer im Herzen, das nie erlosch.

Eric zuckte zusammen, als ihm Kalvin plötzlich ein großes Schwert vor die Brust hielt. Zuerst wollte er ausweichen, aber der Schmied deutete mit einer Kopf- und Armbewegung an, dass er das Schwert in die Hand nehmen sollte. Erst jetzt verstand er, dass das sein Schwert war! Die Klinge hatte eine Wellenform und war wie die Rüstung aus Manastrela geschmiedet.

Dann ging Kalvin zu Ruwina und hängte ihr einen Köcher an den Rücken. Dieser war gefüllt mit Pfeilen, an deren Spitze kleine geschliffene Kristalle angebracht waren. Dann drückte er ihr einen kurzen, geschwungenen Bogen in die Hand. Es war einer, mit dem man auch während des Reitens schießen konnte.

Gierig füllte Irrwisch seine Säcke mit Goldklumpen.

Sildanfur hatte ihm als Belohnung erlaubt, so viel vom Schatzhaufen zu nehmen, wie er tragen konnte. Um es aber auch behalten zu dürfen, musste Irrwisch noch eine Aufgabe erledigen: Er hatte dafür zu sorgen, dass die Kinder sich auf ihrem Weg nach Sunganuven verliefen und in die Irre geführt wurden.

«Das schaffe ich locker», sprach sich Irrwisch Mut zu. Menschen auf eine falsche Spur zu locken, war seine Spezialität. Er hatte ja sein ganzes Leben lang immer wieder Menschen getäuscht – auch seine Nachbarn aus dem Dorf. Dort wusste niemand, dass er mit dem Drachen einen Pakt geschlossen hatte.

Umständlich kletterte er wieder über die Felsen hinunter. Wegen des vielen Goldes auf seinem Rücken hätte er mehr als einmal beinahe das Gleichgewicht verloren.

Als er unten ankam, schlug er den Weg nach Osten ein. Er musste sich beeilen, um vor den Kindern im Wald der Schatten zu sein.

Edwin, Eric und Ruwina wanderten auf einem schmalen Weg, der bald in einen Wald hineinführte. Die Bäume standen immer dichter beieinander, je weiter sie auf dem Waldweg entlanggingen.

Bald umgab sie ein dichter Wald. Die Bäume standen so hoch, dass kein Sonnenlicht mehr bis zum Boden fiel.

Plötzlich blieb Edwin abrupt stehen. «Merkwürdig, die Vögel pfeifen nicht mehr. Warum herrscht hier so eine eigenartige Ruhe? Lasst uns wachsam sein!»

Eric legte vorsichtshalber seine Hand auf den Griff seines Schwerts. Er wollte bereit sein, wenn der Drache auftauchen würde. Aber plötzlich ließ er den Griff wieder los und zeigte nach vorn. «Seht, da sitzt jemand.»

Die Kinder näherten sich einem kleinen alten Mann, der freundlich lächelte. Ein eigenartiges Leuchten ging von ihm aus, als wäre er von einem bläulich-grünlichen Dunst umgeben.

Gebannt starrten die Kinder auf diese Erscheinung.

Der alte Mann räusperte sich. «Ihr seid aber schwer beladen. Kommt, setzt euch zu mir und trinkt von meinem stärkenden Wurzelsaft.»

Edwin und Eric setzten sich ins Moos, aber Ruwina zögerte. Die Stimmung, die von diesem Mann ausging, beunruhigte sie. Sie fühlte sich unwohl in seiner Gegenwart.

Die Jungs plauderten angeregt mit dem Fremden.

Dieser füllte einen Becher mit Wurzelsaft und reichte ihn den Kindern. «Das wird euch gut tun, trinkt, so viel ihr wollt!»

Edwin setzte den Becher an die Lippen und trank, dann reichte er ihn an Eric weiter.

Auch er nahm einen großen Schluck.

Als Eric ihr den Becher hinhielt, winkte Ruwina ab. Von dieser Person wollte sie keine Geschenke annehmen, auch wenn sie selbst nicht genau wusste, warum. Sie schüttelte heftig den Kopf, als Eric und Edwin auf sie einredeten, doch auch zu probieren.

Der Zauber dieses Tranks begann bereits in den Köpfen der beiden Jungen zu wirken. Für sie klang die Stimme des alten Mannes plötzlich ganz süß und alles, was er sagte, schien für sie wahr zu sein.

«Gebt mir doch eure Schilder. Die sind viel zu schwer für eure Reise!» Der alte Mann streckte ihnen seine Hände auffordernd entgegen. Dabei kam ein Armband zum Vorschein mit der Aufschrift «Irrwisch».

Aber die Jungen merkten nichts davon und gaben dem Mann bereitwillig ihre Schilder.

Ruwina schaute entsetzt zu. In ihrem Herzen wurde ihre Unruhe immer stärker. Sie sah, dass Eric und Edwin nicht mehr bei klarem Verstand waren. Sie taten Dinge, die sie sonst bestimmt nie tun würden. Irgendwie musste sie diesen Mann aufhalten. Sie wollte die Jungen anschreien, aber über ihre Lippen kam kein Ton.

Irrwisch spürte, dass Ruwina ihm nicht traute. Schnell packte er die beiden Schilder und verschwand im Wald.

Damit war auch die geheimnisvolle Stimmung wie weggeblasen. Anstelle der verzaubernden Süße in der Luft umgab sie jetzt kalter Nebel. Dieser wurde immer dichter. Innerhalb kürzester Zeit sahen sie nur noch ein oder zwei Schritte weit.

Langsam klärten sich Edwins und Erics Gedanken wieder auf. Die verführenden Stimmen verstummten und mit großem Schrecken wurde ihnen bewusst, dass sie etwas ganz Dummes getan hatten.

«Oh nein! Wie konnten wir nur so unklug sein und diesem Verführer Glauben schenken? Wir sind solche

Dummköpfe!» Edwin schlug sich voller Verzweiflung an den Helm.

«Wir sind Versager. So schaffen wir es nie bis zum König. So werden wir den Drachen nie besiegen», jammerte Eric. Wie ein Häufchen Elend ließ er sich auf den Boden fallen und weinte.

Auch Edwin ließ seinen Tränen freien Lauf. Mit dem Weggeben der Schilder waren Mut und Entschlossenheit aus ihren Herzen gewichen. Sie hatten nicht einmal mehr das Vertrauen, dass der König sie noch gebrauchen konnte, geschweige denn bei seinem Fest haben wollte. Am liebsten wollten sie sich einfach in Luft auflösen. Sie wollten nur noch weg von dem Schmerz des Versagens, weg von der Hoffnungslosigkeit und einfach nichts mehr spüren.

Der Nebel wurde noch dichter. Obwohl Ruwina nicht weiter weg saß als noch vorhin, sah sie von den beiden Jungen nur noch die Umrisse.

Die Unruhe in ihrem Inneren war weg, dafür bekam sie das große Verlangen laut zu schreien. Sie wusste nicht, wie sie ihren beiden Freunden helfen konnte, aber Hilfe war dringend nötig. Sie schloss ihre Augen und öffnete ihren Mund. Lautlos schrie ihr Herz in die Dunkelheit hinaus.

Da sah sie plötzlich das Haus des Friedens vor ihrem inneren Auge. Davor stand Irina und winkte. «Ruwina, du hast dein Schild des Glaubens behalten. Du hast dich von Irrwisch nicht irreführen lassen, weil du meine feine Warnung wahrgenommen hast. Mach ein Feuer und koche ein paar Blätter der Heilung. Eric und Edwin sollen von diesem Sud trinken. Es wird ihr Herz heilen und ihre Gedanken wieder neu ausrichten. So werden sie neue Hoffnung schöpfen.»

Ruwina öffnete ihre Augen. Sie tastete im Nebel nach Reisig und dürren Ästen.

Eric und Edwin waren so im Zweifel und im Selbstmitleid versunken, dass sie das Feuer erst bemerkten, als Ruwina ihnen einen Blechbecher mit dampfendem Tee vor die Nase hielt.

Mit strengem Blick sah sie Eric und Edwin an und wartete darauf, dass sie daraus tranken.

Im Mund fühlte sich das Getränk wunderbar süß an, aber im Magen war es bitter und herb.

«Eric, wir haben uns täuschen lassen und einen großen Fehler gemacht», sagte Edwin nun mit wieder ganz klarem Kopf. «Ich will den König um Vergebung bitten. Nur er kann uns wieder Mut schenken und uns die Schilder wieder zukommen lassen.»

Eric wusste in seinem Herzen ganz genau, dass dieser Vorschlag die einzig richtige Reaktion war.

Zusammen bekannten die beiden laut ihren Fehler, dass sie einem Fremden mehr vertraut hatten als dem König, und sie baten ihn um Vergebung.

Irrwisch keuchte und schwitzte. Mit jedem Meter, den er zurücklegte, wurden die Schilder schwerer.

«Was ist nur mit diesen Schildern los? Ich bin doch nicht so schwach!» Irrwisch stützte sich auf die Schilder und ruhte sich einen Moment aus, bevor er versuchte, sie wieder hochzuheben.

Irrwisch wusste nicht, dass das Manastrela in den falschen Händen immer schwerer wurde, sobald der echte Besitzer den Raub erkannt hatte und den Schild zurückforderte.

Genau in dem Moment, als Edwin und Eric den König um Vergebung baten, konnte Irrwisch die Schilder nicht mehr hochheben. Sie waren so schwer wie Blei geworden, so dass er sie wohl oder übel zurücklassen musste.

Wütend darüber, dass er die schönen Schilder nicht behalten konnte, stapfte er fluchend davon. Noch war seine Mission nicht zu Ende. Er musste die Kinder auf ihrem Weg aufhalten. Dazu hatte er einen Plan: Er wollte die Erdo Lakois, die Bewohner des Waldes, dazu bringen, gegen diese drei Ritter in den Kampf zu ziehen. Irrwisch wusste auch schon, wie er das anstellen wollte.

Herzlich umarmten Edwin und Eric ihre kleine Freundin.

«Danke, dass du auf deine innere Stimme gehört hast. Du hast uns aus dieser Verzweiflung gerettet, dank dir können wir uns wieder auf den Weg machen. Wer weiß, was noch alles geschehen wäre, wenn du nicht so gut reagiert hättest», gestanden die beiden.

Dieses Lob tat Ruwina gut. Sie war die Kleinste von ihnen drei, aber jetzt wusste sie, dass auch sie einen wichtigen Teil ihrer Reisegruppe ausmachte und selbst dazu beitragen konnte, dass sie als Ritter ihren Auftrag wahrnehmen konnten.

Zusammen mit Morgentau setzten sie sich wieder in Bewegung und wanderten durch den Wald.

Plötzlich surrte es in der Luft. Sofort stieg Morgentau wiehernd mit seinen Vorderbeinen auf und warf Ruwina vom Sattel.

Als Edwin zum Sattel blickte, sah er, wie ein schwarzer Pfeil mit einer roten Schwanzfeder im Leder steckte. «Wir werden angegriffen! Schnell, versteckt euch hinter den Bäumen!»

Er und Eric hechteten hinter eine dicke Eiche auf der linken Seite des Waldweges.

Auch Ruwina rappelte sich schnell auf und hielt sich sofort ihren Schild schützend über den Kopf.

Morgentau bäumte sich ein zweites Mal auf und galoppierte wiehernd davon.

«Wir brauchen unsere Schilder, sonst überstehen wir diesen Angriff nicht», keuchte Edwin.

Wie Hagelkörner sausten die Pfeile durch die Luft und blieben in den Bäumen vor ihnen stecken.

Wegen des Nebels konnten sie nicht sehen, wer die Pfeile schoss. Aber die Absender wussten genau, wo sie waren.

Plötzlich entdeckte Eric zwei rote Lichter, die ihm durch den Nebel entgegen funkelten. «Mein Schild!», rief er aus und spurtete los.

Kurz bevor er den Schild erreichte, traf ihn ein Pfeil genau ins Bein. Mit schmerzverzerrtem Gesicht griff er nach dem Schild und richtete ihn auf.

Gleich nebenan lag auch der Schild mit der Taube drauf. Sie funkelte und glänzte. Eric hielt einen Moment inne und betrachtete den eingravierten Vogel. Friede durchströmte seinen Körper und er fühlte sich plötzlich unbesiegbar. Er packte den zweiten Schild und schleuderte ihn in Edwins Richtung.

Dieser fing ihn geschickt auf.

Eric riss den Pfeil aus seinem Bein, stand auf und brüllte in den Wald hinaus.

Edwin und Ruwina stellten sich zu Eric, sie hielten zu dritt ihre Schilder nebeneinander hoch und brüllten ihren Feinden einen lauten Siegesschrei entgegen.

Langsam wich der Nebel zur Seite, als ob er vor dem Siegesschrei fliehen müsste.

Plötzlich stoppte der Pfeilregen. Die Erdo Lakois erstarrten, als sie das Zeichen des Königs sahen. Immer wieder riefen sie «Sunganuven». Voller Angst bliesen sie zum Rückzug und verschwanden im dichten Wald.

Die Kinder brachen in Jubel aus.

«Habt ihr das gesehen?», rief Eric. «Die haben Angst, weil wir Ritter von Sunganuven sind. Das Zeichen des Königs hat sie in die Flucht geschlagen!»

Ruwina legte Eric einige Blätter von Elupuu auf seine Wunde am Bein.

«Wie schnell sich doch eine Niederlage in einen Sieg verwandeln kann, wenn man mit ganzem Herzen dem König vertraut und das einsetzt, was er uns gegeben hat», ergänzte Edwin. «Zusammen werden wir diese Reise vollenden können. Zusammen sind wir stark!»

Der Riese Gomlo

Sildanfur tobte auf dem Felsvorsprung hin und her, so dass Irrwisch beinahe vom Felsen stürzte.

Irrwisch zitterte vor Angst. Er musste Sildanfur berichten, dass die Angriffe auf die Kinder fehlgeschlagen waren und diese bereits ein großes Stück näher an Sunganuven waren.

«Ich muss sie aufhalten!», brüllte Sildanfur. «Wo finde ich die Kinder?»

«Äh … etwa eine Tagesreise hinter dem dichten Wald. Alle andern Reisenden haben den Wald noch nicht erreicht.» Irrwisch stotterte.

Sildanfur fuhr herum. «Welche anderen? Sind da noch mehr?!»

Irrwisch wurde ganz bleich. «Äh, ja … die Kinder erzählen überall vom Fest des Königs und nun haben sich schon einige Gruppen auf die Reise gemacht.»

Der Drache spie Feuer aus. Wie er diesen König hasste! Und er hasste auch alle, die ihm nachfolgten. Er war so wütend, dass sein Speichel schäumend aus dem Mund über den schuppigen Kiefer herunterfloss.

Mit einem Ruck schleuderte er seinen starken Schwanz nach rechts und öffnete seine großen Flügel. Der Hass in seinem Drachenherzen loderte und schrie nach Rache. In seinen Gedanken waren nur Zerstörung und Tod. Alles, was ihn an den König erinnerte, musste er auslöschen und je mehr Leute er mit seinen bösen Gedanken anstecken konnte, umso besser.

Irrwisch war einer von ihnen. Wie leicht ließ er sich für die zerstörerischen Pläne von Sildanfur einspannen. Für ein bisschen Gold hatte er ihm sein Leben verkauft und war sich dessen nicht einmal bewusst.

Sildanfur nahm Anlauf und hob lautlos ab. Eine schwarze Wolke umgab ihn, so dass er vom Boden aus nicht mehr sichtbar war. Er flog zum Tal des Todes, wo er persönlich die drei Ritter des Königs aufhalten und vernichten wollte.

Die Luft vibrierte am Berghang, während rhythmisch ein lautes Schnarchen zu hören war.

Vor einer Höhle schlief der Riese Gomlo auf einem sonnigen Felsen. Um ihn herum verstreut lagen Knochen und Fleischreste seiner letzten Mahlzeit. Er hatte Glück gehabt und ein großes Reh erwischt.

Jetzt brauchte er aber erst einmal eine Pause, um sein Mittagessen zu verdauen.

Gomlo gehörte zur Familie der Riesen von Bergweld. Er war einer der letzten seiner Generation. Sein Auftrag war es, den Pass zu bewachen. Niemand durfte auf dem schmalen Weg durch das Land der Riesen ziehen, schon gar nicht Lebewesen, die keine Riesen waren.

Tiere, die seinen Weg kreuzten, kamen ihm gerade recht. Die verspeiste er mit Vergnügen.

Aber Menschen konnte er nicht ausstehen. Er verabscheute sie richtiggehend. Schließlich waren diese einmal die Herrscher über das Land. Aber dann ließen sich die Menschenkinder vom Drachen mit einem Trick hereinlegen. So hatte er diesen die Herrschaft abgenommen. Seit dann waren die Menschen nur noch mit sich selbst beschäftigt und wussten kaum noch etwas über ihre ursprüngliche Bestimmung.

Mit lautem Brüllen konnte Gomlo die Menschen einschüchtern. Er war mehr als dreimal so groß wie die meisten von ihnen. So war das Versperren des Weges keine schwierige Aufgabe.

Es war ohnehin schon mehrere Jahre her, seit der letzte Mensch es gewagt hatte, über den Pass zu wandern. Den letzten hatte Gomlo gar nicht gut in Erinnerung. Es war einer, der das Zeichen des Königs mit sich trug. Er hatte sich nicht einschüchtern lassen, denn er kannte das Geheimnis der Riesen: Wenn ein Mensch keine Angst vor ihm hatte, war Gomlo machtlos und konnte ihm nichts antun. Wenn aber Angst in den Herzen seiner Gegner regierte, dann konnte er sie mühelos gefangen nehmen und an den Drachen weiterverkaufen.

Plötzlich stieg ein merkwürdiger Duft in seine Nase und weckte ihn. Riesen haben keine guten Augen, aber eine sehr gute Nase! Sie riechen mehrere Kilometer weit, ob ein Lebewesen in der Nähe war.

Gomlo reckte sich und streckte seinen Kopf in die Höhe. Es genügte, dass er einmal tief durch die Nase einatmete, um zu wissen, dass es wahr war: Menschen waren in der Nähe!

Edwin wanderte als Erster in der Reihe, dicht gefolgt von Eric, der Morgentau am Zügel führte. Ruwina durfte die meiste Zeit auf Morgentau reiten, weil die Gruppe so schneller vorankam.

Die Nachmittagssonne brannte heiß vom Himmel herab. Ruwina zog ihren Helm ab und hängte ihn an den Sattel. Ihre Haare klebten im Gesicht und der Schweiß rann ihr in den Nacken.

«Das ist eine gute Idee», sagte Eric, zog sich den Helm auch vom Kopf und nahm ihn unter den Arm.

«Hey, was macht ihr? Zieht eure Helme sofort wieder auf!» Edwin war richtig aufgebracht, als er das gesehen hatte. Er hatte diesen Fehler auch einmal gemacht und war nur knapp einer Katastrophe entgangen. «Die Helme schützen nicht nur euren Kopf, sondern auch eure Gedanken!»

«Was denkst du, wer du bist? Wer hat dich zu unserem Chef gemacht?!», maulte Eric zurück.

Auch Ruwina schüttelte den Kopf. Sie wollte bei dieser Hitze nicht noch mehr schwitzen. Und überhaupt hatte sie bis jetzt den Helm ja auch noch nie gebraucht, dachte sie.

«Ach, lass uns in Ruhe. Wir können gut auf uns selber aufpassen. Wir brauchen keinen Anführer.» Erics Worte waren scharf wie ein Messer und trafen Edwin mitten ins Herz.

Edwin wusste, dass sie bald beim Pass waren und dann Bergweld durchqueren mussten. Er hatte von dem Riesen dort gehört und er wusste, dass es eine große Dummheit war, ohne den Helm auf dem Kopf gegen ihn anzutreten. Die stärkste Waffe des Riesen waren seine Erscheinung und seine Worte. Jeder, der ihn sah und hörte, erzitterte vor Angst. Nur wer seine eigenen Gedanken kontrollieren konnte und damit die Furcht überwand, konnte an dem Riesen vorbeikommen.

Eric und Ruwina wollten nicht auf Edwin hören. Ihr Bedürfnis war ihnen in diesem Augenblick wichtiger.

Gomlo hörte, wie die Menschen näher kamen. Von seiner Höhle aus hatte er einen guten Überblick auf den kurvenreichen Wanderweg. An ihm, dem Riesen, würden sie nicht vorbeikommen, dessen war er sich sicher.

Mächtig baute er sich nun in der Mitte des Weges auf und begann seinen großen Knüppel über sich zu schwingen.

Edwin, Eric und Ruwina wanderten um die letzte Kurve, als sie den mächtigen Riesen erblickten. Sie blieben abrupt stehen und starrten auf die furchteinflößende Gestalt.

Morgentau stieg hoch und schlug wiehernd mit den Vorderhufen in die Luft. Panik packte ihn und mit einem Ruck warf er Ruwina vom Rücken.

Das kleine Mädchen flog durch die Luft und sie schlug mit ihrem Kopf hart auf einem Felsblock auf. Sie blieb regungslos liegen.

Eric versuchte Morgentau zu beruhigen und griff fest nach den Zügeln. Aber in seinem Herzen machte sich Angst breit. «Gegen diesen Riesen sind wir machtlos! Wir haben keine Chance. Lass uns schleunigst umkehren», flüsterte er Edwin zu.

Wie ein übler Duft strömte die Angst von Gomlo zu den Kindern und lullte sie ein.

Gomlo stieß ein bebendes Brüllen aus. Dieser Klang brachte die ganze Natur zum Schweigen. Kein Vogel war mehr hörbar.

Eric begann vor Angst zu weinen. Das Gefühl, hier sterben zu müssen, wurde immer stärker. Die Angst lähmte ihn und er war unfähig an etwas anderes zu denken als an den furchteinflößenden Riesen. Sein ganzer Körper zitterte.

Morgentau wieherte wild und riss heftig an den Zügeln.

Aber Edwin stellte sich vor die andern und rief dem Riesen mutig entgegen: «Lass uns durch! Wir sind im Namen des Königs unterwegs und haben das Recht, diesen Weg zu benutzen!»

Der Riese lachte hämisch. «Ha! Du denkst, dass du mit deiner jämmerlichen Truppe da durchgehen kannst? Ich bin Gomlo, einer der letzten meiner Generation der Riesen von Bergweld und ich werde hier niemanden durchlassen! Kein Mensch hat es je an mir vorbeigeschafft.»

Erics Knie schlotterten und in seinem Kopf war nur ein Gedanke: «Weg, schnell weg, einfach weg!»

«Zieh deinen Helm an Eric! Zieh endlich deinen Helm an!» Edwins Befehl war bestimmt und klar.

Noch immer trug Eric seinen Helm unter dem Arm. Nun war er bereit Edwin zu gehorchen. Er wollte den Helm aufsetzen, aber seine Arme waren wie gelähmt. Jegliche Willenskraft war von ihm gewichen.

«Eric, mach endlich! Du musst deinen Helm aufsetzen, sonst bist du dem Riesen ausgeliefert!», rief Edwin noch lauter.

Diesmal drang Edwins Stimme weit genug in seine Gedanken hinein, um ihn aus seiner lähmenden Angst zu befreien. Mit aller Kraft zwang sich Eric, seine Arme zu bewegen und wie in Zeitlupe zog er sich endlich den

Helm über. Kaum saß er fest, begannen in Erics Kopf neue Gedanken zu fließen: «Der König hat uns die nötige Ausrüstung gegeben. Wir können gegen solche Feinde kämpfen. Als seine Ritter können wir diesen Riesen bezwingen.» Mut begann in seine Adern zu fließen.

Während Gomlo weiter brüllte und stampfte, so dass der Boden unter ihren Füßen zitterte, wurde Eric immer sicherer, dass sie den Pass bald überqueren und ihre Reise fortsetzen konnten.

Plötzlich stellte Eric fest, dass der Riese vor ihm zu schrumpfen begann und immer schwächer und schwächer aussah. Er schämte sich, dass er vor dieser jämmerlichen Gestalt jemals Angst gehabt hatte. Dieser Riese war gar nicht, was er vorgab zu sein!

Gomlo sah, wie seine Waffe «Angst» an Wirkung verlor. Im gleichen Maß, wie Erics und Edwins Mut zunahm, nahm die Macht des Riesen ab.

«Der Vordere erinnert mich an jemanden …», brummte der Riese erbost.

«Gomlo, ich kenne deinen Namen und weiß, wie deine Tricks funktionieren. Darum kann uns deine Angst nichts anhaben. Es stimmt nicht, dass noch nie ein Mensch an dir vorbeigekommen ist. Mein Vater Rohkean war auch schon hier und er hat dich durchschaut. Er hat mir erzählt, wie man dich besiegen kann: Mit Furchtlosigkeit!»

Kraftlos ließ Gomlo seinen Knüppel sinken. Wimmernd und wie ein Häufchen Elend begab er sich zurück zu seiner Höhle. Leise jammerte er vor sich hin. «Ich hasse diesen Ritter und seine ganze Familie! Schon sein Vater hat mir diese beschämende Niederlage erteilt und jetzt auch noch er.» Heute war ein schrecklicher Tag für Gomlo. Er hatte diese schlimme Vorahnung, dass die drei Ritter nicht die letzten waren, die bei ihm vorbeikamen. Was, wenn die Menschen ihre Herrschaft wieder zurückforderten? Was, wenn immer mehr Menschen keine Angst mehr vor ihm hatten und alle das Zeichen des Königs tragen würden? Nein, solchen Gedanken wollte er sich gar nicht hingeben! Niemals durften die Menschen wieder ihren Platz einnehmen, den sie vor langer Zeit verloren hatten.

Gomlos Ururgroßmutter war eine der Riesen, die den Sturz der Menschheit mitbekommen hatte. Seit damals hatten die Riesen nur Vorteile davon, dass die Menschen weit unterhalb ihrer eigentlichen Bestimmung lebten.

Fluchend und stampfend verkroch sich Gomlo in seiner Höhle und wickelte sich in ein doppeltes Bärenfell in der hintersten Ecke. Er wollte weder Menschen riechen noch sehen.

Der Weg über den Pass war frei und die Vögel begannen langsam wieder zu zwitschern.

Eric ließ die Zügel von Morgentau los. Endlich hatte sich das Pferd wieder beruhigt und stand still auf dem Weg.

Dann wandte sich Eric Ruwina zu.

Sie lag immer noch bewusstlos neben dem Weg. Eine feine Blutspur rann über ihre Schläfe.

«Edwin, was sollen wir machen? Sie darf nicht sterben!» Sanft strich er ihr übers Gesicht, während ihm

Tränen über die Wangen rannen. Ruwina war ihm ans Herz gewachsen wie seine eigene Schwester. Auf keinen Fall durfte sie hier sterben, nur weil er so dumm war und den Helm auch ausgezogen hatte. Hätte er doch nur Edwin gehorcht und sie ermutigt, dasselbe zu tun.

Edwin beugte sich über die Verletzte und fühlte ihren Puls. «Sie lebt, aber ihr Herz schlägt nur ganz schwach. Wir müssen ihre Wunde pflegen und sie so schnell wie möglich von hier wegbringen.»

Vorsichtig wusch Eric ihr Gesicht mit dem Wasser aus der Quelle des Lebens.

Da wachte Ruwina benommen auf und spürte, wie ein stechender Schmerz ihren Kopf durchdrang. Von weit her nahm sie Stimmen wahr. Sie versuchte sich zu bewegen, aber ihr tat der Kopf so weh, dass es bei einem zaghaften Versuch blieb. Langsam öffnete sie die Augen und sah verschwommen Erics Gesicht.

Er schaute sie mit sorgenvollem Blick an und sagte etwas zu ihr.

Aber seine Worte ergaben für Ruwina keinen Sinn. Mit großer Anstrengung versuchte sie sich aufzurichten. Aber wie Hammerschläge pochte der Schmerz an ihrer Schläfe und ihr wurde bei der ersten Bewegung wieder schwarz vor Augen.

«Wo sind die Blätter der Heilung?», fragte Eric.

Beide schauten sich suchend um.

Bei dem Sturz vom Pferd hatte Ruwina die Tasche fallen gelassen. Sie war aufgegangen und der Wind hatte die Blätter in alle Richtungen weggeweht.

Eric wühlte verzweifelt in der Tasche, in der Hoffnung, dass noch eines hängengeblieben war. «Ich hab eines! Nur ein ganz kleines, aber vielleicht reicht die Heilkraft aus, damit es ihr besser geht.»

Edwin riss ein langes Stück Stoff von seinem Hemd ab. Dann rührte er aus dem Blatt und etwas Wasser aus Erics Feldflasche einen Brei und strich diesen vorsichtig um die Wunde an Ruwinas Schläfe. Als alles verteilt war, wickelte er den Stoff als Verband um ihren Kopf.

«Du wirst sehen», sagte Edwin, «ihr wird es bald besser gehen. Hilf mir, Ruwina aufs Pferd zu heben.»

Mit vereinten Kräften hoben sie das kleine Mädchen auf den Rücken von Morgentau und legten die Decke über sie. Sie wollten so schnell wie möglich über den Pass, um Bergweld endlich hinter sich zu lassen.

Noch immer schauderte es Eric, wenn er an Gomlo dachte und wie er um ein Haar aufgegeben hatte. Nur dank Edwin und seinem Wissen, wie man als Königskind gegen diesen Riesen kämpfte, hatten sie dieses Abenteuer lebendig und frei überstanden.

Mutig erklommen sie den Pass, der gleichzeitig die Grenze zu Bergweld war. Als sie oben ankamen, öffnete sich vor ihnen eine Gebirgslandschaft, die endlos zu sein schien. Die beiden Jungen sahen nur Felsen, Steine und hohe Bergspitzen. Keine Bäume, nichts Grünes und nicht einmal Flechten waren auf den Felsen. Eine karge, endlos weite Steinlandschaft lag vor ihren Füßen, über der der Himmel ebenfalls felsengrau war.

Bald war es Abend und die Kinder benötigten einen sicheren Schlafplatz, bevor die Dämmerung hereinbrach.

Sie wussten nicht, dass sie seit geraumer Zeit beobachtet wurden. Weit oben am Himmel flog Sildanfur. Mit seinen scharfen Augen hatte er die drei Ritter mit

Morgentau entdeckt und sah, wie sie auf dem steinigen und schmalen Weg wanderten.

Er kreiste noch ein paar Mal über ihnen, dann flog er über die Gebirgsketten davon in Richtung des Tals des Todes. An dessen Ende landete Sildanfur lautlos auf einem Felsvorsprung, der knapp über den Weg ragte und dank einer scharfen Kurve von Wanderern erst im letzten Moment erblickt werden konnte. Für ihn war das der ideale Ort für einen vernichtenden Hinterhalt.

Eric war müde und seine Beine schmerzten. «Edwin, ich brauche dringend eine Pause. Meine Beine beginnen jeden Moment zu streiken und ich muss etwas essen.»

Edwin runzelte die Stirn. «Auf diesem Weg sollte man nicht zu lange bleiben. Es wäre das Beste, wenn wir die ganze Nacht hindurch weiter wandern könnten, dann wären wir morgen schon halb durch.»

«Aber wir haben doch gar keine Fackeln und meine Kräfte reichen nicht aus, um die Nacht ohne Schlaf zu überstehen.»

«Du hast ja recht. Bei diesem Baum dort vorn können wir etwas ausruhen.»

«Hier ist doch nirgends ein Baum», gab Eric entmutigt zurück. Dann schaute er aber in die Richtung, die Edwin ihm anzeigte. Da entdeckte er den knorrigen Baum auch. Er wuchs auf einem Felsen, der sonderbar blau schimmerte.

Eric nahm alle seine Kraft zusammen. Er wollte es noch bis dorthin schaffen, bevor seine Beine ihn im Stich ließen.

Je näher sie kamen, desto deutlicher erkannten sie den uralten Olivenbaum mit einem mächtigen Umfang.

Das war bestimmt einer dieser Bäume die mehrere hundert Jahre alt waren, dachte Eric.

Plötzlich entdeckte er, dass eine Person unter dem Baum saß. Zuerst erschrak er, aber dann wunderte und fragte er sich, wer die Gestalt wohl sei. Die Person war in viele feine Tücher gehüllt und ein Leuchten ging von ihr aus. Deshalb also schimmerte der ganze Felsen, ging es Eric durch den Kopf.

Er erkannte das Gesicht der Person nicht, aber weil sie eine Ruhe und einen tiefen Frieden ausströmte, dämmerte es ihm. «Ich weiß, wer es ist!», rief Eric und rannte mit Morgentau im Schlepptau los.

Sofort begann das Pferd zu traben und warf Ruwina unsanft auf und ab.

«Hey, nicht so schnell! Pass auf!», rief Edwin ihm hinterher.

Aber Eric verspürte ein tiefes Verlangen, so schnell wie möglich zu diesem Olivenbaum zu gelangen. Die Müdigkeit und der Hunger waren vergessen. Er wusste, dass die Person unter dem Baum auf sie wartete.

Der große Kampf

Eric zerrte Morgentau hinter sich her. Jetzt trennten ihn und den Olivenbaum nur noch wenige Meter. «Sie ist es! Irina ist hier!», rief er Edwin zu, der ihm dicht auf den Fersen folgte.

«Hallo Irina!» Eric rannte auf sie zu und umarmte sie. «Ich habe dich vermisst.»

Irina lächelte.

Edwin war ganz außer Atem, als er schließlich ankam, aber ungeachtet dessen erfüllte auch ihn die überraschende Begegnung mit Freude. Angesichts der ernsten Lage, in der sich Ruwina befand, war Irina das Beste, was ihnen jetzt geschehen konnte.

Aus Eric sprudelten die Erlebnisse der letzten Tage nur so heraus. Er erzählt von dem abgebrannten Dorf und wie sie Irinas Geschenke bereits weitergeben und so den Menschen helfen konnten. Auch die weniger schönen Details ließ er nicht aus, wie zum Beispiel die für die beiden Jungen peinliche Begegnung mit Irrwisch im Wald oder den Fehler, dass er den Helm nicht mehr aufsetzen wollte.

Edwin löste in der Zwischenzeit Ruwina allein aus dem Sattel und hob sie vom Pferd. Er trug das bewusstlose Mädchen zu Irina.

Diese löste vorsichtig den Verband von ihrem Kopf.

Die Wunde war immer noch offen, aber blutete nur noch leicht.

«Eure erste Hilfe hat ihr das Leben gerettet», sagte Irina ernst. «Aber bei einer so schweren Verletzung braucht Ruwina noch mehr Hilfe. Ich werde die Wunde mit Öl einreiben, dann geht die Heilung schneller voran.» Irina drehte sich um, strich dem Ölbaum sanft über die Rinde. Dazu sprach sie einige kraftvolle Worte.

Eric kam aus dem Staunen nicht heraus.

Unter dem Baum floss plötzlich Öl zwischen den Wurzeln auf den Felsen. Es dauerte nicht lange, da bildete sich bereits eine kleine Lache.

Irina tauchte ihre Hand in das Öl und strich Ruwina damit mehrere Male über die Wunde, bis die Heilung sichtbar begann. «Edwin, du kannst ihr den Verband wieder umbinden. Morgen ist die Kleine wieder gesund.»

Edwin und Eric zogen den Verband auseinander und dann wickelten sie ihn sorgfältig wieder um Ruwinas Kopf.

«Ihr seht müde aus. Kommt, ich habe etwas für euch.» Irina griff in ihr Kleid und zog einen Brotfladen und einen Becher mit einem rot schimmernden Trank zwischen den vielen Tüchern hervor. «Esst und trinkt. Das hier ist eine stärkende Mahlzeit direkt vom König. Diese Mahlzeit wird euch Kraft geben für den weiten Weg, den ihr noch vor euch habt.»

Dankbar griffen Edwin und Eric zu. Mit jedem Bissen von diesem Brot spürten sie, wie neue Ausdauer ihre Muskeln durchströmte und bei jedem Schluck aus dem Becher verschwand die Müdigkeit immer mehr.

Eric blickte in die Ferne. «Ich sehne mich sehr nach dem König. Gerne möchte ich ihn kennenlernen und mehr über ihn erfahren.»

Obwohl Eric das nur ganz leise sagte, hatte es Irina

verstanden.

Edwin hob den Kopf und schaute Irina direkt an. «Wie können wir genug gerüstet sein, um gegen den Drachen zu kämpfen?»

Irina legte ihre Hand auf Edwins Schulter. «Eure Herzen sind rein und was ihr euch wünscht, ist weise. Darum hat der König ein Geschenk für euch. Steht bitte auf.»

Die beiden jungen Ritter erhoben sich. Sie verstanden nicht, was Irina genau meinte.

Irina bückte sich und füllte den Becher mit dem Öl, das sich auf dem Felsen gesammelt hatte.

Als sie wieder aufstand, neigten die Jungen ihre Köpfe und Irina goss ihnen das Öl aufs Haar. Es rann über ihre Köpfe und tropfte zu Boden.

«Dieses Öl wird ein Feuer in euren Herzen entfachen, das nicht mehr erlischt, bis ihr beim König angekommen seid. Diese starke Leidenschaft wird euch alles kosten, aber mit jedem Stück dieser Leidenschaft, das ihr weitergebt, werdet ihr das Dreifache an Segen erhalten. Dieses Öl vertreibt alle Angst und setzt eine Art von Mut in euch frei, der nicht von dieser Welt ist. Ihr werdet Worte hören und andern weitersagen, die so stark wie Hammerschläge wirken. Damit könnt ihr Blockaden durchbrechen und weiterkommen.» Irina schaute die beiden eindringlich an. «Also, die Nacht gehört euch, zieht weiter. Das Licht des Königs geht euch voran, damit ihr den Weg sehen könnt.»

Irina senkte ihren Kopf und verschwand mitsamt dem Ölbaum vor den Augen der verdutzten Jungen mit den ölig triefenden Haaren.

«Was sie sagte, brennt wie Feuer in meiner Brust und meine Arme und Beine sind so kräftig wie heute den ganzen Tag nie!» Edwin zog sich seinen Helm über den Kopf und wandte sich Eric zu. «Komm, wir ziehen weiter.»

Zusammen hoben sie Ruwina zurück aufs Pferd.

Dabei trat Eric mitten in die Öllache. «Komisch, der Baum und Irina sind weg, aber das Öl ist immer noch da.»

Edwin nickte still.

Es war bereits dunkel geworden und ohne Licht war es unmöglich, die nächsten Schritte zu sehen.

«Edwin, was machen wir jetzt? Wir sehen nichts vom Weg.»

«Irina hat gesagt, dass das Licht des Königs unseren Weg hell machen wird. Lass uns darauf vertrauen, dass es so sein wird.» Edwin griff nach den Zügeln und machte den ersten Schritt auf dem Weg.

«Edwin», rief Eric mit überraschter Begeisterung. «Schau dich an, du leuchtest ja! Ein blaues Licht strahlt von dir aus, wir sehen den Weg vor uns!»

Edwin drehte sich um. «Schau dich selber an! Du leuchtest auch und Ruwina ebenfalls! Irina hatte recht. Das hier ist das Licht des Königs, das aus uns heraus leuchtet. So können wir die ganze Nacht hindurch marschieren. Komm, wir wollen keine Zeit verlieren!»

Mit neuem Mut legten die drei Kinder immer mehr Wegstrecke zurück. In dieser Nacht waren sie mit einem

Tempo marschiert, das sie bisher nie geschafft hatten.

Als die ersten Sonnenstrahlen über die Bergspitzen leuchteten, hatten sie bereits die letzte Gebirgskette von Bergweld erreicht.

Plötzlich erwachte Ruwina und öffnete ihre Augen. Ihr Kopf brummte noch ein wenig. «Was ist geschehen?», fragte sie sich. Sie konnte sich nicht mehr daran erinnern.

Sie griff an ihren Kopf und fühlte den Verband. Ihr Gesicht war ganz ölig.

Wie wünschte sie sich, dass sie sprechen könnte. So könnte sie jetzt nach Eric rufen und ihn fragen, was passiert war und wo sie waren. Diese Gegend war ihr ganz unbekannt.

Als Ruwina sich im Sattel aufsetzte, war Eric ganz überrascht. «Du bist ja wach! Geht's dir besser?»

Ruwina nickte.

«Du hattest einen schweren Sturz und wärst beinahe gestorben. Sobald du den Verband nicht mehr brauchst, ziehst du deinen Helm wieder an. Und du musst uns versprechen, dass du ihn auf dieser Reise nie wieder ausziehst. Ja?»

Ruwina nickte reuig.

«Wir machen eine Pause», ordnete Edwin an. Er lächelte zu Ruwina hoch, während er ihr half vom Pferd zu steigen. Er war froh, dass es ihr wieder besser ging.

Ruwina löste den Verband und nahm ihn ab.

Die beiden Jungen waren ganz überrascht, dass anstelle der schlimmen Wunde schöne neue Haut zum Vorschein kam. Nur noch eine kleine Rötung erinnerte an den schweren Sturz.

Eric löste ihren Helm vom Sattelknauf und reichte ihn dem Mädchen.

Diesmal zog sie ihn sofort auf. Sie fühlte sich stark und hatte ein tiefes Verlangen, endlich den König zu sehen. Sie musste zu Sunganuven! Nichts anderes konnte ihre große Sehnsucht stillen.

Plötzlich versperrte ein großer Felsen den Weg.

Die Reisegruppe hielt an und schaute sich um.

«Da drüben ist eine schmale Felsspalte. Wir kommen da sicher durch, aber was ist mit Morgentau?» Eric blickte fragend in die Runde.

Edwin inspizierte den schmalen Gang. «Wenn wir den Sattel abnehmen, könnte es reichen. Wir müssen nur darauf achten, dass Morgentau sich an den scharfen Felskanten nicht verletzt.» Er nahm den Sattel ab und trug ihn eigenhändig auf die andere Seite. Dann kam er zurück und führte den Schimmel vorsichtig hindurch.

Jenseits der Felsspalte öffnete sich ein breites wüstenähnliches Tal.

«Eine trostlose Gegend», entfuhr es Eric. Er zog sich den Helm etwas tiefer ins Gesicht, um die Augen vor der Sonne zu schützen. Diese hatte bereits die volle Höhe erreicht und brannte nun gnadenlos vom Himmel.

«Und es stinkt», kommentierte Edwin den beißenden Geruch, der in der Luft lag.

Vor ihnen schlängelte sich ein schmaler Weg durch die Wüste. Vereinzelt lagen Skelettknochen am Wegrand.

«Kommt, wir lassen uns nicht entmutigen! Wir richten unseren Blick auf das Ziel dort hinten und nicht auf das, was neben dem Weg liegt.» Edwins Worte machte den andern beiden Mut.

Gemeinsam nahmen sie die nächste Etappe in Angriff.

Immer wieder einmal blickte Ruwina trotzdem auf die Seite. Die Knochen grausten sie. «Wie viele Menschen haben hier wohl schon ihr Leben verloren? Warum haben die den Weg verlassen?»

Sildanfur wartete geduldig an seinem Platz. Zeit spielte für ihn keine Rolle. Er lebte außerhalb der Naturgesetze der Menschen. Aber jetzt konnte er die Stimmen der Kinder bereits hören.

Er lachte hämisch vor sich hin und flüsterte: «Nur noch wenige Schritte und dann gehört ihr mir!»

Doch plötzlich stutzte er.

Er hörte, wie die drei jungen Ritter anhielten. Sie diskutierten eine Weile miteinander, aber dann wurde es plötzlich ganz still.

Sildanfur kratzte mit seinen Krallen an seinen Stirnschuppen. Er war verwirrt. Was ging auf der andern Seite des Felsens vor?

Dann hielt er es nicht mehr aus. Er musste seine Angriffstaktik ändern, das machte ihn wütend. Er dachte kurz nach und griff zu Plan B.

Nacheinander änderten seine Schuppen ihre Farbe. Vom hässlichen, furchteinflößenden Drachen wurde er zu einer wunderschönen Erscheinung. Er sah immer noch wie ein Drache aus, aber seine Haut glänzte nun in allen Farben.

Ungeduldig und nervös wartete Sildanfur, bis sich auch die letzte Schuppe verwandelt hatte.

Ruwina war ganz aufgeregt. Sie spürte dieselbe Stimmung, die sie auch im Wald der Schatten bei Irrwisch wahrgenommen hatte. Nur war es diesmal um ein Vielfaches stärker.

Eine starke Stimme in ihrem Herzen drängte sie dazu, ihren Bogen in die Hand zu nehmen. Sie musste kampfbereit sein, auch wenn sie nicht wusste, was die Bedrohung war.

Sie klopfte mit ihrem Bogen Eric an die Rüstung und warnte ihn mit Handzeichen.

Edwin und Eric waren diesmal weise genug, um auf ihre Warnung zu achten. Entschlossen zogen die beiden ihre Schwerter und hielten ihre Schilder schützend vor sich.

Sanft zog Ruwina an den Zügeln, so dass Edwin diese los ließ. Sie befestigte sie am Sattelknauf. Sie konnte Morgentau auch mit einem leichten Beindruck lenken, schließlich benötigte sie ihre Hände für Pfeil und Bogen.

Wachsam und kampfbereit standen die drei Ritter vor der unübersichtlichen Kurve.

Nach einer Weile rief Eric mutig und laut: «Zeig dich! Wir wissen, dass du hinter dem Felsen lauerst!»

Wie ein leuchtender Blitz sprang Sildanfur auf die

Straße.

Vom grellen Licht geblendet, kniffen die Kinder die Augen zusammen.

Ein wunderschönes, faszinierendes Drachenwesen stand vor ihnen. Die Schuppen schillerten in der Sonne in allen Regenbogenfarben.

«Warum haben wir denn Angst? Das schöne Licht und die faszinierenden Farben fühlen sich gut an», dachte Edwin und ließ sein Schwert sinken.

«Ihr edlen Ritter, wohin seid ihr denn unterwegs?», flötete der Drache.

«Wir sind im Auftrag des Königs unterwegs. Wir gehen auf sein großes Fest.»

Sildanfur säuselte weiter: «Im Auftrag des Königs? Wie kann ein guter König seine Leute nur durch solche Strapazen und Wüsten schicken? Er hat euch wohl gar nicht richtig lieb, sonst wärt ihr schon längst bei ihm und könntet das Leben genießen. Das muss ein ganz harter König sein, der nur auf seinen Vorteil bedacht ist.» Er senkte seinen Kopf mitfühlend.

Aber Eric entgegnete ihm mit kräftiger Stimme: «Unser König ist gut und liebt uns über alles! Nur Gutes kommt von ihm. Er hat mich aus der Einsamkeit und meinem Elend herausgeholt und mir eine neue Zukunft und Familie gegeben!»

«Hmm … wisst ihr, der König und ich sind gar nicht so verschieden», entgegnete Sildanfur. «Auch ich habe viele Krieger und suche talentierte und mutige Ritter, wie ihr es seid. Bei mir werdet ihr mit Gold und Silber überhäuft und jeder von euch kann selber seine eigene Truppe anführen. Was meint ihr? Kommt mit mir mit und es wird euch gut gehen.»

Jetzt hob Edwin sein Schwert schnell wieder an. «Wir dienen nur dem einen wahren König! Ihm allein gehört unsere Leidenschaft.»

Innerlich begann Sildanfur zu kochen. Aber er ließ sich nichts anmerken. Stattdessen schmeichelte er weiter: «Aber du, kleine Schönheit, vertraue dich mir an und ich werde dir das Sprechen schenken. Na, was hältst du davon?»

Ruwinas Lippen begannen zu zittern und Tränen schossen in ihre Augen. Aber sie atmete tief durch und kniff ihre Augen entschlossen zu einem schmalen Spalt zusammen. Dann legte sie einen Pfeil an den Bogen. Sie wünschte sich sehnlichst, sprechen zu können, aber um nichts in der Welt, war sie bereit, dafür ihre Liebe zum König herzugeben! Zu stark hatte er ihr bereits gezeigt, wie sehr er sie als Tochter liebte und sie wusste, dass sie eines Tages bei ihm sprechen konnte.

Ohne zu zögern schoss Ruwina den Pfeil ab.

Überrascht von der Reaktion des kleinen Mädchens konnte der Drache dem Pfeil nicht ausweichen. Er traf ihn zwischen zwei Schulterschuppen. Er brüllte vor Schmerz auf. Dabei verlor er schlagartig seine Schönheit und wurde wieder zu einem scheußlich schrecklichen Drachen. Damit kamen auch wieder seine Wut und sein zerstörerisches Wesen mit ganzer Kraft zum Vorschein. Sildanfur stieg auf seine Hinterbeine und schüttelte sich.

«Du kommst uns mit deiner eigenen Kraft entgegen, aber wir treten dir entgegen mit der Macht des Königs», rief Eric mutig. Plötzlich entdeckte er eine wüst vernarbte Wunde an der Brust des Drachens. Dort fehlten mehrere Schuppen. Eric schwang sein Schwert und stürmte auf den Drachen zu. Mit aller Kraft rammte er der Riesenechse das Schwert mitten in die Brust.

Brüllend schlug Sildanfur mit seinem kräftigen Schwanz um sich. Er tobte vor Wut. Diese kleinen Menschenkinder hatten es gewagt ihn anzugreifen.

Eric versuchte das Schwert wieder herauszuziehen, um weiterkämpfen zu können, aber es steckte fest.

Mit einem starken Ruck schleuderte der Drache Eric samt seinem Schwert durch die Luft. Hart schlug dieser auf dem Boden auf.

Reflexartig hielt er seinen Schild über sich, gerade rechtzeitig, bevor Sildanfurs Schwanz dagegen krachte.

Feuer und Rauch traten aus Sildanfurs Nüstern.

«Oh nein, er wird ihn rösten! Komm, Ruwina, wir müssen Eric helfen.» Edwin stürmte vorwärts und zielte direkt auf die alte Wunde.

Aber der Drache fuhr herum und spie Feuer in Edwins Richtung.

Schnell hielt dieser seinen Schild in die Höhe. Dieser hielt die Flammen von ihm fern und so konnte er durch das Feuer hindurchrennen.

Damit hatte Sildanfur nicht gerechnet. Unvermittelt traf ihn der Junge mit dem Schwert mitten in die Brust. Der Drache brüllte erneut auf und versuchte auch Edwin mit dem Schwanz wegzufegen.

Ruwina presste ihre Beine gegen Morgentau.

Dieser gehorchte und galoppierte auf den Drachen zu.

Das Mädchen zielte mit dem zweiten Pfeil auf Sildanfurs rechtes Auge und als sie nahe genug war, ließ sie das Bogenseil los. Der Pfeil sauste mit einer großen Geschwindigkeit durch die Luft und traf sein Ziel mit zerstörerischer Kraft.

Brüllend richtete sich Sildanfur auf und stieß eine riesige Feuerwolke in die Luft. Aber als diese draußen war, fiel er wie ein Sack Mehl zu Boden.

Die ganze Erde zitterte unter seinem Gewicht. Kleine Rauchwolken stiegen aus seinen Nüstern, während Sildanfur keuchend atmete.

Ruwina spannte einen dritten Pfeil.

Der Drache öffnete sein gesundes Auge und sah, wie der Pfeil auf ihn zuflog. Auch dieser traf sein Ziel und es wurde schwarz um ihn. Er nahm seine ganze Kraft zusammen, öffnete seine Flügel und flog blind davon.

Die Kinder sahen, wie er in einiger Entfernung gegen eine Felswand flog und abstürzte.

«Wir haben den Drachen besiegt!» Vor lauter Freude darüber begann Edwin zu tanzen.

Ruwina ritt schnell zu Eric und sprang vom Pferd.

Eric lag zitternd unter dem Schild und realisierte noch nicht, dass sie gewonnen hatten.

Ruwina schob den Schild beiseite und umarmt ihren Freund. Sie weinte vor Freude und drückte ihn fest an sich.

Edwin kam dazu und nickte anerkennend. «Du hast mutig gekämpft wie ein Löwe und beinahe dein Leben gelassen.»

«Dank eurer Hilfe ist es nicht so weit gekommen. Ihr habt mir das Leben gerettet.» Eric setzte sich auf.

«Wenn wir gemeinsam kämpfen, sind wir stark genug, um jedes Abenteuer bestehen zu können und jeden Feind zu besiegen, der uns daran hindern will, zum König zu gehen.»

Die drei Ritter überkam eine große Dankbarkeit.

Es war ihnen bewusst, dass sie den Sieg über das Ungeheuer nicht sich selbst zuschreiben konnten. Der König hatte ihnen die nötige Ausrüstung dazu gegeben. Jeder hatte mit seiner Waffe dazu beigetragen, den Drachen zur Strecke zu bringen.

Sildanfur war besiegt und er konnte die Kinder auf ihrem Weg nicht mehr aufhalten.

Die Reisegruppe setzte sich wieder in Bewegung. Als nächstes wollten sie einen geeigneten Rastplatz finden, ein Feuer machen und sich für die Nacht einrichten. Am nächsten Tag würden sie die Grenze zu Sunganuven erreichen – das Beste lag also noch vor ihnen.

Endlich zu Hause

«Sie kommen!»

Der Ruf des Wächters hallte laut durch die Gänge bis in die große Halle.

Ein breitschultriger Mann eilte zum hintersten Fenster des Westflügels und schaute erwartungsvoll in die Weite. So lange hatte er schon auf diesen Tag gewartet. Er blickte über die Landschaft und suchte erwartungsvoll den Horizont ab. Da sah er ihn. Bald würden sie wieder zusammen sein und diesmal für immer.

Rohkean wandte sich um und durchquerte eilig das große Zimmer. Er wollte der Erste sein, der seinen Sohn in die Arme schloss.

Edwin, Eric und Ruwina waren mit den ersten Sonnenstrahlen aufgebrochen und wanderten fröhlich auf dem Weg nach Sunganuven.

Weit konnte es nicht mehr sein. Die Landschaft hatte sich verändert und deutete schon darauf hin, dass sie auf fruchtbares Land zugingen. Sie wanderten über eine weite Grasebene auf einem Pfad, der von Birkenbäumen gesäumt war.

Am Horizont durchquerte ein breiter Fluss die Landschaft. Die Wasseroberfläche glitzerte wie tausend Kristalle.

«Das muss der Voimaka vesi sein. Das ist der große Strom, der aus Sunganuven weg fließt.» Aufgeregt beschleunigte Edwin sein Tempo. «Das bedeutet, dass die Grenze zu Sunganuven nicht mehr weit weg ist!»

Ruwina war begeistert. Bald würde sie ihren König sehen und endlich zu Hause sein. In ihren Gedanken saß sie bereits an einer langen Festtafel und betrachtete all die feinen Köstlichkeiten darauf. Wunderschön klingende Musik spielte und viele lachende Gesichter saßen rundherum.

Plötzlich zeigte Edwin begeistert in die Ferne. «Ich sehe sie! Ich sehe sie!»

Eric sah ihn fragend an.

«Ich sehe die Pforte nach Sunganuven!»

Eric sah nichts außer dem großen Fluss. Aber er glaubte Edwin und lief ihm schnell hinterher. Jetzt waren sie ihrem Ziel so nah. Bald würde er mit eigenen Augen sehen, wovon ihm sein Großvater in den kalten Nächten am Lagerfeuer erzählt hatte.

Plötzlich sah er die Pforte auch.

Sie waren schon ganz nahe am Fluss, als Eric plötzlich abrupt stehen blieb. «Wie sollen wir denn über den Fluss kommen? Der ist viel zu breit!»

«Du hast recht», stimmte Edwin zu. «Wir würden jämmerlich untergehen.»

Der Fluss hatte eine starke Strömung. Auch wenn sie Birkenbäume fällen und ein Floß bauen könnten, würden sie sofort weggeschwemmt werden.

Enttäuschung machte sich breit. Sie waren so nah am Ziel und sahen keine Möglichkeit, in das langersehnte Land einzutreten.

Ruwina konnte nicht glauben, dass sie so kurz vor dem Ziel aufgeben mussten. Aufmerksam suchte sie mit ihren Augen das Ufer und die umliegenden Büsche ab. Es musste doch irgendeinen geheimen Weg geben, da war sie sich sicher.

Edwin grübelte und suchte in seinen Erinnerungen nach etwas, das sein Vater ihm vielleicht einmal erzählt hatte. Aber es kam ihm nichts in den Sinn.

Ruwina betrachtete den Stamm eines hoch gewachsenen mächtigen Baumes, der am Flussufer stand. Er hob sich deutlich von den umliegenden Bäumen ab. Seine Rinde war nicht weiß wie die der Birken, sondern dunkel und glatt. Seine tiefgrünen Blätter raschelten im Wind und seine Äste reichten weit nach unten, so dass sie selbst Ruwina mit ihren kurzen Armen ergreifen konnte.

Flink schwang Ruwina ihre Beine über einen Ast und griff nach dem nächsten.

Wendig wie ein Eichhörnchen kletterte die Kleine die stämmige Eiche hinauf. Oben im Wipfel des Baumes angekommen, blickte sie zur Pforte nach Sunganuven hinüber. Aus dieser Perspektive schien der Durchgang näher zu sein als vom Boden aus. Und plötzlich sah Ruwina das Geheimnis. Rechts neben der Eiche sah sie viele Fußabdrücke, die direkt auf den Fluss zu führten und genau gegenüber auf der andern Seite des Wassers sah sie eine ebenso ausgetretene Stelle am Ufer.

Ruwina war ganz aufgeregt! So schnell wie möglich kletterte sie vom Baum hinunter. Sie stürmte zu Eric und zupfte ihn heftig am Ärmel.

Er verstand ihre Handzeichen und folgte ihr ans

Ufer.

Oben an der Böschung blieben Eric und Edwin stehen, während sie entsetzt zusahen, wie Ruwina hinunter zum Wasser ging.

«Pass auf, das ist gefährlich!» Eric streckte ihr die Hand hinterher, um sie wieder hochzuziehen.

Aber sie schüttelte den Kopf und ging weiter auf das Wasser zu.

«Halte an! Ruwina, sei vernünftig, hier ist kein Weg …» Aber die Worte blieben Eric im Hals stecken, als er sah, wie Ruwina einfach weiterlief.

Sie trat aufs Wasser hinaus. Aber mit jedem Schritt stieg sie empor, wie wenn sie eine Treppe hochlaufen würde. Auf einmal schwebte sie wenige Zentimeter über dem Wasser und lief auf einer unsichtbaren Brücke.

«Eine Brücke, da ist eine unsichtbare Brücke, die ans andere Ufer führt», flüsterte Edwin perplex.

Ruwina lachte und lief immer schneller vorwärts. Unter ihren Füßen bildeten sich Lichtreflexe und für einen Bruchteil einer Sekunde schimmerte die Kristallbrücke regenbogenfarben über dem Wasser.

Freudig winkte Ruwina mit beiden Armen Eric und Edwin zu.

Die beiden standen immer noch überwältigt von dem, was sie soeben erlebt hatten, am Ufer. «Das ist die Brücke des Glaubens. Nur wenn wir vertrauen, können wir den Voimaka vesi überqueren. Ruwina hat das verstanden. Komm, Eric, wir folgen ihr.» Edwin glitt zum Wasser hinunter und machte zögernd einen Schritt in die Luft. Tatsächlich stand auch sein Fuß unsichtbar auf festem Grund. Jetzt, wo er drauf stand, begann er die Konturen wie feine schimmernde Kristalle zu erkennen.

«Warte auf mich!» Eric folgte Edwin mit großen Sprüngen. Es kostete auch ihn Mut, einen Fuß vor den andern zu setzen und das Vertrauen zu haben, dass er nicht in den Fluss stürzte.

Plötzlich stupste ihn etwas in den Rücken und Eric fiel beinahe hin. Als er sich umsah, stand Morgentau hinter ihm und folgte ihm über die Brücke.

Ruwina empfing die beiden strahlend am anderen Ufer und deutete auf die große Pforte.

Davor standen zwei leuchtende Wesen. In ihren Händen hielten sie ein brennendes Schwert und bewachten ganz offensichtlich den Eingang.

Eric wurde nervös. Würden sie ihn wohl hineinlassen? Aber da kam ihm seine Pergamentrolle in den Sinn und was Irina alles gesagt hatte. Es stand fest: Er war eingeladen – er durfte zum König gehen! Warum sollten ihn also die Wächter des Königs aufhalten?

Tatsächlich lächelten die beiden sie an.

«Ihr seid weit gereist und habt viele Strapazen auf euch genommen. Willkommen in Sunganuven», sprach einer der Wächter freundlich. «Tretet ein, ihr Kinder des allmächtigen Königs!»

Mit großem Respekt durchschritten die drei das Tor und betraten das langersehnte Land des Königs.

Sie waren überwältigt von der Schönheit der Natur! Alles sang und zwitscherte. Und über die Stadt konnten die Kinder nur staunen. Sie war aus edelstem Material gebaut.

Eric und Ruwina fühlten sich, als ob sie endlich zu Hause angekommen wären. Alle Strapazen waren vergessen und all die Mühe war in weite Ferne gerückt.

Rohkean rannte über die große Treppe hinunter und übersprang jeweils zwei Stufen. Sein Herz pochte ganz aufgeregt; endlich konnte er seinen Sohn wieder an sich drücken. Er wollte ihm seinen Lieblingsplatz und die schönsten Orte hier in Sunganuven zeigen, bevor das große Fest begann. Schon von Weitem rief er laut Edwins Namen.

Dieser blinzelte mit seinen Augen. Diese Stimme war ihm bekannt! «Vater?»

«Edwin!» Rohkean umarmte seinen Sohn innig. Was für ein glücklicher Moment.

«Das sind meine treuen Begleiter und Freunde, Vater.» Edwin löste sich aus der Umarmung und zeigte auf Eric und Ruwina.

Rohkean strahlte und drückte Eric und Ruwina mit seinen starken Armen an sich. «Herzlich willkommen in Sunganuven, im Land der Freiheit! Kommt, ich zeige euch die Schönheiten und Geheimnisse dieses Landes.»

Rohkean überquerte mit großen Schritten die goldene Straße und die Kinder folgten ihm aufgeregt.

Dabei hüpften sie in der Mitte der Straße über einen Wasserkanal, dessen Rauschen danach klang, als würden unzählige Edelsteine im Wasser mit fließen. Weiter unten wurde der Kanal zu einem Bach und schwoll zu einem Strom an.

«Dieses Wasser klingt wie die Quelle bei Irinas Haus», ging es Ruwina durch den Kopf. Plötzlich erblickte sie unten am Strom auch den gleichen Baum wie bei Irina – und weiter vorn auf der andern Uferseite noch einen zweiten. Auch sie waren voll behangen mit Früchten und voller silberner Blätter.

Ruwina hüpfte vergnügt von einer Steinplatte zur andern. Sie hatte gewusst, dass der König von Sunganuven ein schönes Land hatte, aber was sie hier sah, übertraf bei Weitem alles, was sie sich vorstellen konnte.

«Wollt ihr Dinosaurier sehen?», fragt Rohkean in die Runde.

Die Kinder nickten erstaunt. Das klang fantastisch.

Mit großer Leichtigkeit verließen sie in erheblichem Tempo dic Stadt und erreichten einen kleinen Hügel. Von hier konnten sie ein weites grünes Tal überblicken.

Tatsächlich entdeckten sie in der Ferne riesige Urechsen.

Eric war ganz aufgeregt. «Schau mal, wie majestätisch die sich bewegen!»

Auch Edwin und Ruwina waren fasziniert und überwältigt. Sunganuven war ein Land zum Bleiben, ein Land für die Ewigkeit.

«Es wird Zeit, dass ich euch euer neues Zuhause zeige, kommt mit!» Rohkean führte sie zurück in die Stadt. Auch diesmal legten sie die Strecke ohne Mühe in kürzester Zeit zurück.

Von der breiten Hauptstraße aus bogen sie in eine Nebenstraße ein. Plötzlich blieb Rohkean vor einem goldenen Haus mit vier Säulen stehen. Es hatte die künstlerische Form eines rechteckigen Würfels und auf jeder Seite war eine Tür angebracht. Jeder Eingang führte zu einer eigenen Wohnung im Haus.

«Das ist euer Zuhause. Der König hat diese Wohnungen für euch bauen lassen.»

Voller Begeisterung traten die Kinder ein und bewunderten die Räume.

Alles war bis ins Detail liebevoll gestaltet. Für jeden war in seinen Lieblingsfarben und nach seinem eigenen Geschmack ein Zimmer eingerichtet worden.

Alle vier setzten sich im Wohnzimmer auf die Couch und die Kinder erzählten von ihrer abenteuerlichen Reise.

Als sie fertig waren, stand Rohkean auf. «Es ist Zeit, dass ihr den König trefft. Ihr habt dann noch genügend Zeit alles zu erforschen und auszukundschaften. Hier müsst ihr nicht mehr weg.»

Rohkean trat auf die Straße hinaus und brachte die Kinder zu einem riesigen Palast.

Wortlos öffneten die großen Wächter das riesige Tor.

Rohkean, Edwin, Eric und Ruwina traten ehrfürchtig ein und fanden sich am Ende eines langen Ganges wieder. Dieser führte zu einer riesigen Halle, in der bereits einige Menschen versammelt waren.

Als die vier durch den Gang schritten, standen vorn im Saal plötzlich alle auf.

«Was passiert dort?», fragte Eric leise.

«Der König kommt in den Saal», antwortete Rohkean.

Noch bevor sie den Eingang zur Halle erreicht hatten, setzten sich alle dort drin wieder auf ihre Sessel.

«Wir dürfen drei Neuankömmlinge begrüßen», hallte eine liebevolle Stimme durch den Saal.

In diesem Augenblick erreichten die Kinder die Tür und blieben andächtig stehen.

In der Mitte des Saales stand vor einem goldenen Tisch majestätisch der König und blickte sie direkt an.

Normalerweise wäre es ihnen peinlich gewesen, von allen Anwesenden angeschaut zu werden, aber hier spürten sie tief, dass sie willkommen waren.

«Tretet vor, Edwin, Sohn des Friedens, Eric, Erbe der Herrlichkeit, und Ruwina, Stimme der Liebe.» Der König winkte ihnen zu.

Erfüllt mit großer Ehrfurcht traten die Kinder vor den König.

Er strahlte so viel Liebe, aber auch Gerechtigkeit aus, dass sie sich sofort wohlfühlten. Er sprach sanft und doch klar. Seine Erscheinung war mächtig und von ihm ging ein Licht aus, so dass es im Saal keine weiteren Lampen brauchte.

Der König nahm ein dickes Buch in die Hand, das in Gold eingefasst war. Er blätterte darin und blickte kurz darauf wieder zu den Kindern. «Edwin, du Sohn des Friedens, du hast das, was ich dir anvertraut hatte, sinnvoll verwendet. Meinen Frieden hast du den Menschen verkündet und Gefangene hast du befreit. Weil du treu warst und den Weg nicht verlassen hast, mache ich dich zum Verwalter meines Landteils ‹Sonas› im Süden.» Der König nahm eine goldene Krone und setzte sie Edwin auf den Kopf.

Dann wandte er sich Eric zu. «Mein Sohn, dich habe ich aus der Einsamkeit gerufen, damit du meinen Namen groß machst und allen zeigst, welch mächtigem König du dienst. Du hast Demut gelernt und Mut bewiesen! Weil du treu geblieben bist und den Weg nicht verlassen hast, setze ich dich als Ritter über den Landteil ‹Thoir› im Osten ein.» Wiederum nahm er eine goldene Krone und drückte sie Eric sanft ins Haar.

Ruwina war ganz aufgeregt. Alles war wie in ihrem Traum, nur diesmal war sie wirklich hier! Sie stand vor ihrem König, dem sie alles zu verdanken hatte. Er hatte sie gefunden und hatte sie schon immer geliebt.

«Ruwina, meine geliebte Tochter. Du hast auf meine Stimme in deinem Herzen gehört und den Mut bewiesen ihr zu folgen. Weil du treu warst in dem, was ich dir aufgetragen habe, sollst du Erbin meines Reiches sein. Für dich gibt es kein Schweigen mehr; deine Zunge ist gelöst und die Musik in deinem Herzen soll klingen. Sing für mich; sing und tanze für mich!» Der König setzte ihr eine zierlich geschwungene Krone auf, die hell funkelte.

Dann nahm er sie in den Arm und hielt sie einfach fest.

Dabei floss seine Liebe in ihren Körper und sie spürte, wie eine Wärme ihren Hals hinunterfloss. Die Freude und die Jauchzer, die seit ihrem Traum in ihrem Herzen waren, wollten endlich raus. Es fühlte sich an, als würde sie explodieren, wenn sie diese Freude nicht endlich hinauslassen konnte.

Da öffnete sie ihren Mund und ein Klang von solch reiner Schönheit ertönte, dass alle gebannt lauschten. Ihre Stimme erzeugte eine Melodie, die das Innerste der Herzen ihrer Zuhörer erreichte.

Edwin und Eric hätten Ruwina ewig zuhören können, aber der König ließ Ruwina wieder los und stellte sie liebevoll auf den Parkettboden.

Er klappte das große Buch wieder zu. «Kommt, meine Kinder. Ich zeige euch die geheimen Orte der Stadt. Und dann lade ich euch zum Abendessen ein!»

Den Kindern blieb der Mund offen stehen. Der König wollte sich den ganzen Nachmittag Zeit für sie nehmen!

«Aber hat denn der König überhaupt Zeit, sich nur mit uns abzugeben?» Eric blickte erstaunt zu Rohkean.

Dieser nickte und lächelte. «Hier in der Stadt spielt Zeit keine Rolle. Der König kann so viel Zeit mit euch verbringen, wie er will, und er hat gleichzeitig immer noch genug Zeit für alle andern.»

Der Nachmittag und der Abend mit dem König waren das Unglaublichste, was die Kinder je erlebt hatten.

Eric und Ruwina hatten in diesen paar Stunden mehr Annahme und Anerkennung erhalten als in all den Jahren zu Hause im Dorf.

Der König erklärte ihnen seine Pläne für die Länder, durch die sie gewandert waren. Er verriet ihnen, dass er diese alle neu und fruchtbar machen wollte. Dann würde auch dort alles so schön wie Sunganuven werden. Auch alles Böse würde er dann aus den Ländern vertreiben. Das war für den Höhepunkt des großen Festes geplant.

Die Kinder waren sich sicher, dass er es dabei nicht an Kreativität und Genialität mangeln lassen würde.

«Wann beginnt denn das große Fest?», fragte Ruwina den König ganz unvermittelt gegen Ende des schönen Abends.

«Bald», war die Antwort des Königs. «Es sind noch nicht alle geladenen Gäste eingetroffen. Tolwin und seine Nachbarn zum Beispiel sind noch unterwegs. Sobald alle da sind, geht's los.» Mehr verriet der König nicht.

Aber das war den Kindern auch egal, denn das, was

sie bis jetzt hier erlebt hatten, war für sie schon mehr als jedes Fest, auf dem sie bisher waren. Und wie unglaublich würde wohl das große Fest dann noch werden?

Es war bereits spät, als sich die Kinder auf den Heimweg zu ihrer neuen Wohnung machten.

Trotz der späten Stunde war es aber immer noch angenehm hell in der Stadt.

Die Mägen der Kinder waren gefüllt mit Köstlichkeiten aus Sunganuven und sie tauschten sich angeregt darüber aus, was sie mit dem König alles erlebt hatten.

Eric war so dankbar, dass sein Großvater ihm vom König erzählt hatte. Wie froh war er doch, dass er sich aufgemacht hatte, diesen König zu finden. Es hatte sich gelohnt, dass er sich trotz der Strapazen und der Angriffe nicht aufhalten ließ.

Ruwina begann ein Lied zu singen.

Stolz blickte Eric zu ihr hinüber. Er freute sich, dass er sich damals richtig entschieden und Ruwina mitgenommen hatte. Hier hatten sie beide nun eine neue Familie und eine neue Heimat gefunden.

Auf einmal blieb Eric wie angewurzelt stehen.

Rohkean kam auf sie zu und brachte jemanden mit.

Eric schüttelte ungläubig den Kopf. War das nicht sein Großvater?

Eric rannte auf ihn zu und umarmte ihn stürmisch. «Wie bist du hier hergekommen? Du hast die Reise ja gar nicht angetreten.»

Der Großvater lächelte. «Ich hatte nicht realisiert, dass ich die ganze Zeit über auch auf der Reise zum König war.»

Rohkean nickte. «Wer dem König vertraut, kommt

hierher. Dafür sorgt der König.»

Der Großvater drückte Eric fest an sich. «Ich freue mich so, dass du es geschafft hast. Ich bin stolz auf dich, mein Junge!»

Die fünf machten sich zusammen auf den Weg zu ihren Wohnungen und freuten sich auf das große Fest des Königs.

Jan & Co.

David Hollenstein

Jan & Co. – Raubüberfall im Europa-Park

Jan & Co. fahren mit grosser Vorfreude für zwei Tage in den Europa-Park. Ein folgenschwerer Vorfall im temporären Park-Casino trennt jedoch Jan von seinen Freunden. Während seine Freunde später von der Polizei festgenommen und verhört werden, gerät Jan wegen seiner Neugierde in eine gefährliche Situation: Er wird Zeuge von etwas, das er nie hätte sehen dürfen. Als er dabei entdeckt wird, beginnt zwischen Jan und seinen Verfolgern ein Katz- und Maus-Spiel durch den Europa-Park und das dazugehörende Hotel Colosseo. Jans Flucht wird zusätzlich erschwert, als ihm Levin, ein ziemlich eigensinniger Junge, in die Quere kommt. Aber zum Glück hat Jan seine Freunde im Rücken, die ihn aus der Ferne tatkräftig unterstützen.

Eine spannende Verfolgungsgeschichte mit Gedanken über das Glücklich-Sein innerhalb der Kulisse des für Abenteuer und Nervenkitzel bekannten Europa-Parks!

192 Seiten, Adonia Verlag, ISBN 978-3-03783-017-8

Weitere Jan & Co. Bücher:

- Jan & Co. - Die Casting-Show
- Jan & Co. - Das Geheimnis der Miruna
- Jan & Co. - Verdacht im Modehaus

www.adonia.ch

Adonia

Die Autorin

Ruth Truttmann, M.Div., Familienfrau und Pastorin, verheiratet mit Matthias und Mutter von vier Kindern, engagiert sich seit mehr als 20 Jahren in verschiedenen Bereichen mit Kindern. Der Anstoss, diese Geschichte «Die Reise zum König» zu schreiben, kam durch ihre Kinder, die sich sehnlichst wünschten, doch endlich eine der spannenden Gutnachtgeschichten wiederholt vorgelesen zu bekommen und der gleichzeitigen Anfrage durch Leiter eines Kindercamps, die auf der Suche nach einer spannenden Ritterstory waren.

Es ist das Anliegen der Autorin, dass himmlische Prinzipien und ehrbare Werte in dieser Geschichte miterlebt werden und Kinder für einen Moment in eine Welt eintauchen können, in der sie Helden sind und Drachen und Riesen besiegen, gleichzeitig aber auch den Wert von treuer Freundschaft und Teamgeist erfahren.